Shenqi De Silu Minjian

神奇的丝路民间故事

阿拉伯民间故事

ALABO MINJIAN GUSHI

丛书主编 姜永仁

本册主编 余玉萍

时代出版传媒股份有限公司
安徽文艺出版社

图书在版编目（CIP）数据

阿拉伯民间故事/余玉萍本册主编.—合肥：安徽文艺出版社，2018.1（2020.6重印）
（神奇的丝路民间故事/姜永仁主编）
ISBN 978-7-5396-6107-0

Ⅰ.①阿… Ⅱ.①余… Ⅲ.①民间故事—作品集—阿拉伯半岛地区 Ⅳ.①I371.73

中国版本图书馆CIP数据核字(2017)第132056号

出 版 人：朱寒冬　　出版统筹：周　康　李　芳
责任编辑：王婧婧　　装帧设计：徐　睿

出版发行：时代出版传媒股份有限公司　www.press-mart.com
　　　　　安徽文艺出版社　www.awpub.com
地　　址：合肥市翡翠路1118号　邮政编码：230071
营 销 部：(0551)63533889
印　　制：济南市莱芜凤城印务有限公司

开本：880×1230　1/32　印张：7.625　字数：160千字
版次：2018年1月第1版　2020年6月第2次印刷
定价：28.00元

总　　序

青少年朋友们，大家好！

安徽文艺出版社为了配合“一带一路”倡议的实施，决定出版一套《神奇的丝路民间故事》丛书，并邀请我担任这套丛书的主编，这使我激动不已。一方面是因为我年逾古稀还有机会为“一带一路”倡议的实施贡献出自己的一份力量，另一方面是因为我能为祖国的未来——青少年朋友的成长做一件有益的事情。为此，我毅然决定接受邀请，出任该套丛书的主编。

2013 年，习近平主席在访问哈萨克斯坦和印度尼西亚期间，先后提出共同建设“丝绸之路经济带”和“21 世纪海上丝绸之路”的倡议。这一倡议是希望通过政策沟通、设施联通、贸易畅通、资金融通、民心相通，使沿线国家乃至世界各国能够共享我国改革开放经济发展的成果，是一项共商、共建、共享的战略设计。截至目前，已经有 100 多个国家和国际组织参加到“一带一路”建设中来，纷纷将本国的发展计划与“一带一路”建设计划对接。

安徽文艺出版社策划出版的《神奇的丝路民间故事》丛书正是在这种形势下应运而生。它的问世是落实“一带一路”倡议的需求，是我国与“一带一路”沿线国家人民实现民心相通的需求。它的出版，必将有助于我国与“一带一路”沿线国家人民加深了解、增强互信。

《神奇的丝路民间故事》丛书包括丝路沿线的俄罗斯、匈牙利、印度尼西亚、泰国、缅甸、越南、柬埔寨、老挝、菲律宾、马来西亚、伊朗、巴基斯坦等国家的民间故事。这些国家的民间故事情节动人，形象逼真，寓意深刻，有益于青少年的成长。

青少年是国家的未来，是祖国的希望，是建设国家的栋梁，肩负着实现中国梦的重任，任重而道远，只有多读书，读好书，增加知识，增长才干，才能不负众望，才能不辱使命，为实现中华民族伟大复兴的中国梦而贡献力量。

安徽文艺出版社编辑出版的《神奇的丝路民间故事》丛书恰逢其时，值得青少年朋友一读。

姜永仁

于北京大学博雅德园寓所

2017 年 10 月

前　言

阿拉伯地区西濒大西洋，东至海湾，北临地中海，南接非洲中部。在这片辽阔的地域上，分布着22个阿拉伯国家，它们是：位于亚洲的伊拉克、科威特、巴林、卡塔尔、阿联酋、阿曼、沙特、也门、约旦、黎巴嫩、叙利亚、巴勒斯坦；位于非洲的埃及、苏丹、利比亚、突尼斯、阿尔及利亚、摩洛哥、毛里塔尼亚、吉布提、索马里、科摩罗。由于地处东西方交通的咽喉地带，自古时候起，阿拉伯地区的战略地位就极其重要，近现代以来，更因其拥有丰富的石油资源而令外界关注。与此同时，阿拉伯地区也是东西方多种文明交汇的中介处，譬如波斯文明和古印度文明。

我国与阿拉伯地区的关系一向友好，双方经贸和文化往来可追溯到两千多年前的汉朝时期，至唐宋时期经历了大发展，交通路线分为陆海两路，其中陆上“丝绸之路”可达底格里斯河、叙利亚、小亚细亚和埃及，海上“丝绸之路”可达巴格达、亚丁湾、红海和埃及等地。

由于阿拉伯地区处于亚、非、欧三大洲的交界处，阿拉伯民族善于兼容并蓄，吸收外族的优秀文化成果，许多外族的民间故事经过阿拉伯人的整理、改编和加工，获得了继续流传的新途径。这是阿拉伯民族之于世界民间文学发展的一大贡献。阿拉伯民间文学具有题材多样、内容生动、情感丰富、想象奇崛的特点，主要代表作品有：被誉为民间文学史上“最壮丽的一座丰碑”的《一千零一夜》，作为印度《五卷书》向世界传播之重要桥梁的《卡里来与笛木乃》，有“阿拉伯的《伊利亚特》”之称的《安塔拉传奇》等。这些民间故事多植根于阿拉伯民众的日常生活，体现了他们的善良、勇敢和智慧，折射出其传统价值观和审美旨趣。

本书由余玉萍、佘莉、丁隆参译完成。期待本书能够有助于我国读者了解阿拉伯世界，并为加强中阿文化交流略尽绵力。

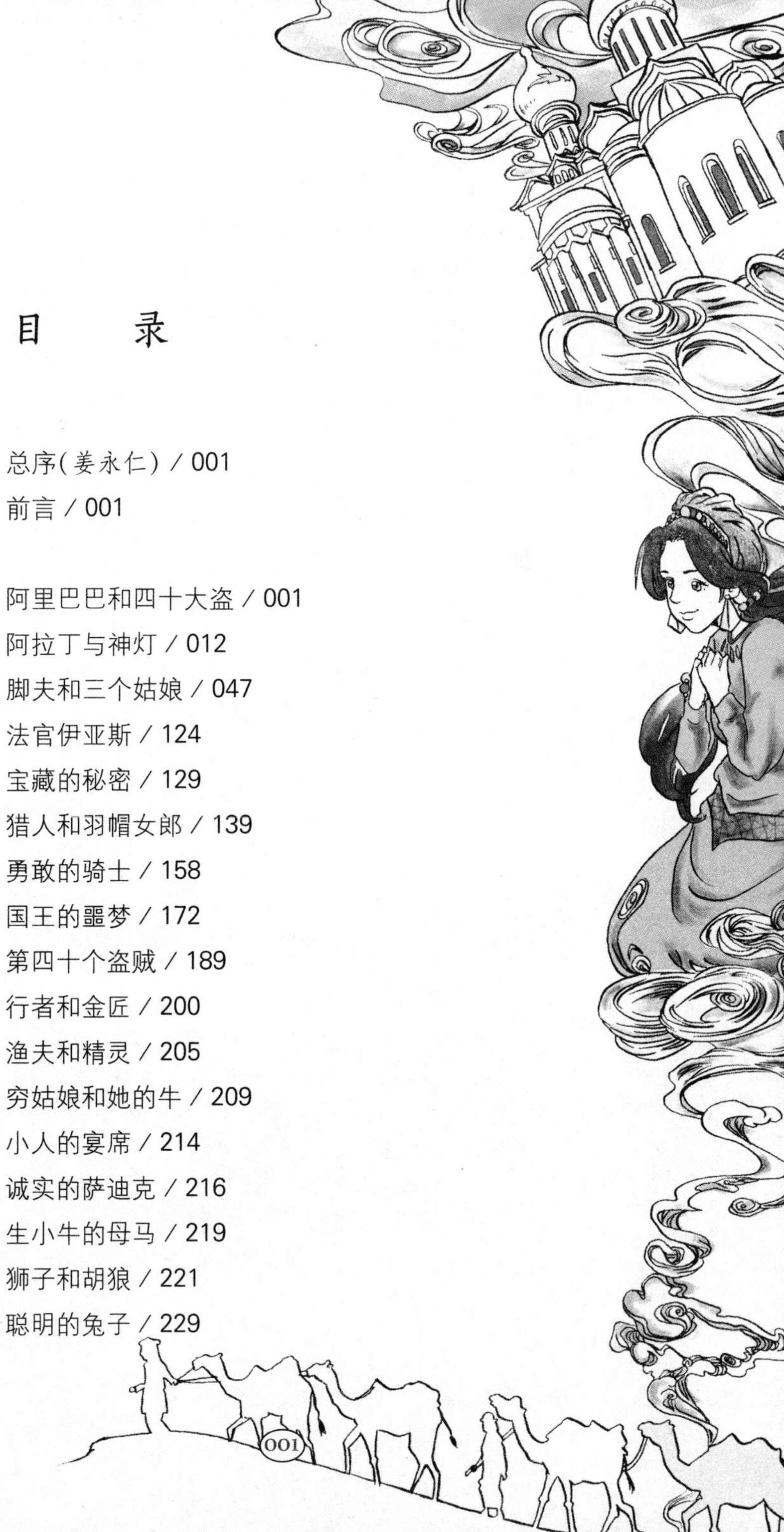

目　　录

阿里巴巴和四十大盗

从前有两个少年，他们是兄弟俩，大的叫高西木，小的叫阿里巴巴。长大后高西木和一个富有的女人结婚了，阿里巴巴则娶了个一贫如洗的女子，所以他和妻子只能住在一间狭小的房子里。他们缺吃少喝，食不果腹。

阿里巴巴每天都到森林里去砍柴，砍完后让他那三头瘦弱的毛驴驮着，到街上叫卖，有些妇女从家里出来向他买柴。阿里巴巴就这样谋生，过着贫苦的生活，没有一天能够弄到足够的钱带回去给妻子和儿子。

有一天，阿里巴巴正在砍柴，突然一支马队朝他走来。他觉得他们相貌不善，便在瘦驴的耳边悄声说："我不想让他们看见我，或许他们会把我的柴拿走。你们到那边躲起来吧，我要爬到这棵树上藏着，等他们走后我再叫你们。"就这样，阿里巴巴爬到了树上，开始盯着那帮人。他们骑着马走过来了，突然，走在最前面的那个叫道："站住，我们要去的地方就在那儿，在那块高地上。"听到召唤,那帮人很快下了马。阿里巴巴发现每匹马背上都驮着个大袋子,那帮人很快将那些大袋子卸下来,背到了他们的背上,马被牵到了远处。接着那帮人带着那些东西爬上那块高地,来到了一块大岩石旁,挨近阿里巴巴躲藏的那棵树。阿里巴巴数了数这些人,总共有四十个。那帮人围着立在他们面前的那块大岩石,其中有一个喊道:“芝麻开门!”很快,阿里巴巴看见岩石上有一道门打开了,接着他看见刚才喊话的那个人进去了,其余的人跟在他后面,最后一个人一进去,门就关上了,岩石又恢复了原来的模样。

阿里巴巴嘟哝道:“我现在多想回家呀,可又怕他们这时候出来看见我,我还是再等一会儿吧。”阿里巴巴只好躲在树林里等着。他自言自语:“我以前怎么没看见这道门?是谁打开的?门里面有个山洞吗?那帮人为什么把那些大袋子抬到里面去?那些袋子多大呀,里面会装着什么呢?里面会是些钱吗?那帮人是强盗吗?如果是的话,我现在从树上跳下来就危险了,可他们在里面待了好一会儿了,他们什么时候才出来?”正当阿里巴巴疑惑不解的时候,那帮人出来了。他们一个袋子也没拿,全都走出洞后,他们的头儿喊道:“芝麻关门!”岩石的门立刻关上了。那帮人来到他们的马跟前,跳上马背走了。阿里巴巴以最快的速度从树上滑下来,跑到岩石那儿,就像第一个人那样喊道:“芝麻开门!”门打开了,他朝里望去,里面有一个很深的洞。他看见那些贼扔下的袋子就堆在里面,噢,那个洞里不仅有袋子,还有别的东西:金子、银子、珠宝、昂贵的丝绸衣服。阿里巴巴心想:“我没有时间了,如果那帮人回来看见我在这儿,肯定会杀了我。我赶紧在洞里转一圈,查看一下周围的东西吧。”他转了转,仔细看了那帮人扔下的袋子,里面装满了钱。他很快把最大的那个袋子拖到门边,他进去之后门就关上了。可他一喊“芝麻开门”,门立刻就开了,他赶紧出去了。然后他喊“芝麻关门”,门便关上了。

阿里巴巴没费多少劲儿便找到了自己的三头驴子,它们正可怜巴巴地待在附近的树林里看着他呢。阿里巴巴很快把袋子放到驴背上,盖上些柴,没有人能看到那个袋子,然后他便上路回家了。

阿里巴巴回到家中,妻子看到袋子里有那么多的钱,不知所措了。砍柴匠坐在妻子身旁,告诉她自己在哪儿发现的宝藏,给她讲了故事,然后叮嘱她不要对任何人泄露秘密。妻子吃惊地问丈夫:“这么多钱,我们放在哪儿呢?”阿里巴巴回答说:“我挖个深洞,把钱藏在里面。”她希望阿里巴巴让她数数共有多少钱。她捧起一捧,从手指间撒下来,便开始数散落在自己面前的金币:“一、二、三、四、五、六……”阿里巴巴打断她说:“算了吧,那得花很长时间,我们的金币太多了。”女人叫丈夫挖个洞,她自己到哥哥高西木家里借个箱子装金币,她非常想知道这些钱到底有多少。她走时,阿里巴巴在她耳边悄声说:“小心点,别让他们知道你为什么借箱子!”高西木不在家,他的妻子问弟媳妇说:“你借箱子干什么用?”阿里巴巴的妻子回答说:“我想装些面粉。另外……我能不能再借个杯子？我想量量我们有多少面粉。”高西木的妻子说：“好啊好啊，我这就去拿你要的杯子，不过希望你用完就还给我们。”她边去拿杯子边自言自语地说：“阿里巴巴的妻子从哪儿弄来这么多面粉的？他们的钱少得可怜，买不了什么，我得弄清楚这件事。我知道怎么做。”她拿了杯子，在杯底粘了点蜡，不容易看出来。阿里巴巴的妻子拿着箱子和杯子很快回到了家中。她说：“我现在得看看这个杯子满了能装多少钱，到时知道箱子满了能装多少杯，用这个方法就能算出我们手里有多少钱。”

他俩开始量。他们发现一箱能装四十杯钱，一袋钱装满了三箱，全是金子，他们俩兴奋极了。阿里巴巴的妻子说：“我现在得把杯子还给主人了。”她到了高西木家里，不知道杯底上粘有一枚金币。高西木的妻子接过杯子，拿在手里翻过来一看，发现底上粘着一枚金币。当她丈夫从店铺回来后，她问他有没有钱。高西木回答说：“哪里有，我今天就没卖多少东西。”他妻子讽刺说：“阿里巴巴可有很多钱。”高西木说：“你在说什么？你清楚阿里巴巴是个穷光蛋。”他妻子大笑着说：“相信我吧，他比你富，他需要大箱子来装他的金币呢。”接着她便对他讲了她是怎么知道的。听到这个消息，高西木一点儿也不高兴。高西木到阿里巴巴家里问他从哪儿弄的金子。阿里巴巴没想到哥哥高西木会突然问他，便对哥哥说：“你怎么知道我有钱的？”当高西木告诉他自己的妻子怎样发现这个秘密时，阿里巴巴说：“好的，我把真相告诉你吧。”高西木是个贪婪的人，他无论如何也不愿意自己的钱比阿里巴巴的少，所以他对弟弟说："你应该把你发现金子的那个地方告诉我，如果你不说我就去报告警察，对他们说你是一个强盗。"这时阿里巴巴说："我告诉你去那个山洞的路，到那儿后你会发现有一棵树，树旁边有一块巨大的岩石。你走到岩石那儿，喊'芝麻开门'，很快你就能看见面前有一道门开了。从洞里出来后，你就喊'芝麻关门'，门就关了。这就是所有你该做的。"

第二天天一亮，高西木就骑上他的马，到阿里巴巴告诉他的那个地方去了。他带着八匹健壮的马，准备把所有他能弄到的金子都运回来。很快他就找到了那儿的岩石和门，他喊："芝麻开门！"门立刻就开了，他赶紧进去，接着身后的门就关上了。

看见一袋袋金子和珠宝，高西木很惊讶，他时不时问自己："我拿什么呢？"然后他挑了几袋大的拖到门那儿，说："我想这次我只拿得了这么多了。"他拿了八袋后低声说："现在我得尽快离开这个地方，我可不愿意那帮强盗发现我在这儿。"他整个心思都在想着那些袋子，以至于忘了门怎样才能打开。他说"小麦开门"而不是"芝麻开门"，所以门一直关着。他又叫"大麦开门"，同样说得不对，又说"燕麦开门"，还是什么动静也没有。他使劲推门，推不动，又试了一遍，还是打不开，他想不起能打开门的那句话了。

当那帮强盗又带回几袋金子的时候，高西木仍然被关在洞里。他们在外面看见了高西木带来的几匹马，便嘀咕道："一定是有人发现了进这个隐蔽地的秘密,别让他从我们手中跑了。”这时,他们的头儿叫道:“芝麻开门!”门一开,高西木就跑了出来。他们把他抓住了,使劲儿打他,用刀刺他,然后把他扔进洞里,以为他已经死了。那一夜,高西木的妻子为丈夫未归担心极了。她到阿里巴巴那儿,求他说:“高西木还没回来,希望你去找找他。”阿里巴巴答应了她的要求,立刻朝山洞走去了。在那儿阿里巴巴找到了哥哥,他已经快死了。阿里巴巴把他放在驴背上,带回了家,嘱咐他的亲人们不要把这件事说出去。接着阿里巴巴说:“如果有人问起高西木,你们就只说他病了,我和妻子会经常到你们家中来照看他,可我们需要有个人来帮我们给他治疗。”帮高西木妻子干活的姑娘麦尔加娜说:“我认识个人能帮我们,他是个老鞋匠,他有给人治病的经验。我到他那儿去,给点钱,说服他过来。”第二天天没亮,人们开始工作以前,麦尔加娜就赶到了老头儿的店铺里,在那儿找到了他——老头儿一般天一亮就开始工作。姑娘主动开口说:“能不能麻烦您跟我到我们家去?我们有个人病危了,如果您肯帮忙的话,这些钱都给您。”老头儿被麦尔加娜诚恳的声音打动了,说:“姑娘,你们家在哪儿?”麦尔加娜说:“很抱歉,我不能告诉您,这您不该知道。我带您去,您一路闭着双眼。”就这样她领着他到了高西木的家,又带他到了高西木躲着的房间,对他说:“您现在可以睁开眼睛了,看看这个人,您能不能救救他?”“这个人病得太重了,不过我尽全力吧。”接着,老鞋匠处理高西木的伤口,非常仔细地包扎，给他准备汤剂。观察照料他几个小时后，老鞋匠说："我想我只能做这些了。"麦尔加娜说："大叔，谢谢您做的一切。现在我带您回店铺，可我不希望有人知道您来过这儿。"老鞋匠闭上双眼，麦尔加娜把他带回到他的店铺。没过两天高西木就死了，麦尔加娜跑到街上喊："我家主人死了……我家主人死了。"妇女们从家里出来，想知道是谁在喊，她们看见高西木的妻子在自家窗口那儿号啕大哭。第二天，高西木的尸体被送到郊外陵墓埋葬了。之后，阿里巴巴和妻子搬到了高西木家里，和嫂子一块儿生活。阿里巴巴的儿子到伯伯的店铺干活，管理店铺。

两三天后，那伙强盗回到了山洞，打开门一看，不见高西木的踪影。他们说："一定是有人把他带走了。我们得有个人去把那个知道我们山洞秘密的人找到。"他们中的一个主动要求说："让我来完成这个任务。"那人第二天一早就出发找人去了。他来到鞋匠的店铺，走过去问鞋匠："老人家，有人到您这儿买鞋吗？"鞋匠自豪地回答说："有啊，孩子。不光是买鞋，还有人请我办别的事呢。比如说，几天前，有人请我去救一个人的命，他被刀刺得快死了。我去了，不过好像时间耽误了，我没能帮他多少。"强盗说："你说什么？带我到你去过的那间房子，我把这袋金币给你。"老头儿回答说："我不知道那间房子在哪里。一个姑娘带我去的，一路都让我闭着眼。"强盗说："那么……你试着闭上眼跟着我走，或许你能找到那个地方。你想想看，往左走还是往右走？路长还是短？咱们走吧，把手给我，闭上眼。”两人就这样出发了，一直走到了高西木家门前，老头儿说：“我觉得这就是我去过的地方。”这时，强盗在门上画了个白色的记号，把老头儿带回到他的店铺，给了他一袋金币，走了。

麦尔加娜出门买东西时，看见了他们家门上这个白色的记号。她想：“是谁在这儿做的记号？是胡同里的孩子吗？我想不是。为什么只把记号画在我们家门上呢？”于是麦尔加娜在其他几家门上都画上了相同的记号，然后买东西去了。这期间那个强盗回到了山洞，对他的同伙说：“我已经找到了我们要找的那个人的家，跟我来，我带你们去。”当他们到达地点后，那个强盗发现几家门上都有同样的白色的记号，便分不出哪家是要找的那家了。强盗们迷糊了，只好按原路返回山洞。

那伙强盗回到山洞之后，又有一个人说：“让我再试一次吧。”第二天老鞋匠就像陪着他的第一个伙伴一样陪着他，找到那家之后，他在门上画了个红色的记号，只有这家画的是红色记号。麦尔加娜从街上回来，看见了红色的记号，她像第一次一样在别人家的门上也画上了红色的记号。当那伙强盗第二次回来时，事情又混乱了，他们认不出要找的那一家了。他们的头儿很生气，对他们叫道：“没用，我得自己去，我亲自找出那家。”他自己一个人到了鞋匠那儿，老头儿就像陪前两个强盗一样陪着他到了那家。强盗头子没有在门上做任何记号，而是非常仔细地看了之后就返回了。

他回去之后，把手下都召集起来，对他们说："让我想想怎么做。"

第二天，他对他们说："我找到办法了。你们现在就走，买几个用来装油的大罐子。不过我只需要一个罐子里装油就行，其余罐子你们带空的来。"听完，强盗们都觉得奇怪。有一个喊道："为什么？"头儿回答他说："因为你们要躲在罐子里让马驮着，我自己把马赶到阿里巴巴家，对他说我从远方来，走了好长时间的路，然后请他允许我住在他家。"强盗们嘀咕道："我们做什么呢？"他说："你们得藏在罐子里，在里面待着，罐子很大，你们每个人都能待得下。等时间到了，我会告诉你们怎么做。"

事情就像强盗头子计划的一样进行着。那一夜，阿里巴巴允许他住在自己家里，帮着他把那些罐子从马背上卸下来，然后对他说："请进去吧，跟我们一块儿吃晚饭。"强盗头子吃饱喝足之后说："现在我得去给马喂喂水。"在马厩里他从一个罐子走到另一个罐子，挨个儿对藏在里面的人说："如果听到我从窗口发出口哨声，就像鸟叫一样，马上从罐子里出来，我从我房间的窗户跳下来，告诉你们怎么做。"然后他悄悄地离开马厩，回到了房里。那天夜里麦尔加娜起来烧火，她灯里的油烧完了，灯灭了，黑夜里看不见，她便对自己说："明天早上我得去买油了，不过先从那些罐子里借点儿也没事，我就拿一点儿够今晚用就行。"她走向了第一个罐子，躲在里面的人悄声地说："到时间了吗？"他还以为来的人是他们的头儿呢。麦尔加娜吓了一跳，可她克制住了，低声说："没有，时间还没到，等一会儿。”她走到了第二个罐子、第三个罐子……每一次，躲在里面的人都悄声地问：“到时间了吗？”麦尔加娜回答他们说：“不，还没到，等一会儿。”在最后一罐她才发现了油。她把灯装满了油，然后想到了一个主意，便取了足够的油，在火上烧开后，走到罐子那儿，朝每个罐子里都浇了滚烫的油。

于是，那帮强盗的末日来临了。

黑夜里，强盗头子从他房间里出来，才发现他手下的人全死了。他跳上马背，逃跑了。

第二天早上，麦尔加娜把发生的一切告诉了阿里巴巴，也没忘了把红色记号和白色记号的事儿都告诉他。阿里巴巴十分感谢她所做的一切，并强调说他永远不会忘记她。然后他叫了几个人在森林里挖了个大坑，当天晚上把那些强盗都埋在了那个坑里。

自此以后，强盗头子就自己孤单一人，他说：“我去买个大店铺，把洞里所有的丝绸、珠宝都放在里面，如果卖了，我就能永远过舒适的生活。”他动手实施自己的想法，买了店铺。每个路过的人都说：“多漂亮的店铺呀！”

阿里巴巴儿子的店铺和强盗头子的店铺挨着。一天，他遇见了强盗头子，便邀请对方到家里吃晚饭。阿里巴巴已经忘了强盗头子的模样，记不起曾经见过他。然而一看到强盗头子进家，麦尔加娜就开始起了疑心，她想：“这个人以前来过，他好像对我们心怀不善，我得阻止他达到目的。”她走到阿里巴巴跟前，说：“你们吃完晚饭后,要不要我给你们跳个舞?”阿里巴巴表示欢迎。他们一吃完饭,麦尔加娜就走进来,跳起了精彩的舞蹈。跳完之后,她手里拿个杯子,围着观众转,好让他们放些钱进去。阿里巴巴在杯子里放了些迪尔汗,他的儿子也放了。接着麦尔加娜向土匪头子弯下腰来,他把手伸向杯子,往里扔了几个迪尔汗。就在这时,麦尔加娜看见了他藏在衣服里的匕首,这个姑娘立刻以闪电般的速度扑向了他,抓过了他的匕首,刺向他的胸膛,他立刻死了。阿里巴巴从座位上跳起来喊道:“麦尔加娜,你干什么?”她回答说:“我要是不那么做的话,他就把你们杀死了。他就是上次带着油罐子来的强盗头子,以前在我们这儿住过,你还记得吗,先生?”阿里巴巴发现麦尔加娜做得确实对,便对她说:“你真是个好姑娘,我很高兴。如果你同意我儿子做你的丈夫,我就太幸福了。”

就这样,麦尔加娜嫁给了阿里巴巴的儿子。宝藏和强盗头子的店铺都归阿里巴巴和他的家人所有了。不过,阿里巴巴把大部分的钱财都分给了穷苦的人,从此以后所有人都过着幸福富裕的生活。

阿拉丁与神灯

很久很久以前，在中国北方有一座城市，一个名叫穆斯塔法的裁缝就住在这里。他每天起早贪黑地在自己的作坊里忙碌，但日子依然过得很贫困。

穆斯塔法只有一个孩子，名叫阿拉丁。穆斯塔法很喜爱儿子，但是由于生活艰辛，他无法给孩子提供良好的教育，平日也无暇顾及他，只能任由他成天在外边玩耍。渐渐地，阿拉丁结交了一些游手好闲的朋友，变成了一个典型的坏孩子。阿拉丁聪明，但也很任性。穆斯塔法劝他同那些坏孩子断绝来往，并尝试教他学手艺，将来好终生受用，可他根本不听，父亲的努力付之东流。穆斯塔法只好转而以强硬的手段对待他。而阿拉丁丝毫不介意父亲的惩罚与训斥，依然我行我素，使父亲很失望。最后，穆斯塔法意识到自己的儿子只有靠时间才能教育好，生活里那些残酷的教训应该足以让他悔过自新。不久，穆斯塔法染上重病，带着对儿子的深深遗憾离开了人世。贫穷的他死后只给妻儿留下一间小店铺。阿拉丁的母亲一看儿子终日游手好闲，竟未从他父亲那学得一点手艺，便索性把店铺卖了。接下来的好长一段时间，母子俩靠着卖店铺的钱糊口度日。后来，钱花完了，母亲为了不让自己和儿子饿死，便以摇车纺纱来维持生计。

再说阿拉丁，自父亲死后，他便如脱缰的野马，一发不可收拾。母亲见其无法管教，就干脆撒手不管了，只是终日企盼老天爷发发慈悲，给儿子指出一条正确的道路。

转眼间阿拉丁已是十五岁的少年。一天，阿拉丁像往常那样和伙伴一起在外玩耍时，遇到一个陌生人。从相貌和衣着看，此人并非本地人。陌生人一瞅见阿拉丁，便立即停下来仔细端详他的外表，然后向其中的一个孩子打听阿拉丁的名字。当得知那孩子就叫阿拉丁时，他不禁喜形于色，好似找到了什么宝贝。

原来，此人是非洲某地的一个著名的魔法师，自小便学习魔法和巫术，并深谙此道。他两天前来到此地，是因为有一本魔法书告诉他，在这个遥远的地方有一座高山，山下埋着丰富的宝藏，宝藏中有一盏神奇的、刻有符箓的灯。人一旦拿手擦拭它，灯里便会钻出一神怪，并答应他的任何要求。这个神怪是最强大的精灵之王，拥有的兵士最多。而天底下只有此地的一个年轻人能打开这个宝藏——他的名字叫阿拉丁，其父是个裁缝，名叫穆斯塔法。于是，魔法师不远万里来到这里。他瞅见正同伙伴们一起玩耍的阿拉丁时，觉得阿拉丁的相貌很符合自己在魔法书上所读到的那些特点。

再问此人的姓名,便知道这个年轻人就是自己所要寻找的对象了。

“你叫阿拉丁吗?”魔法师问道。

“是的,我的爹娘是这样叫我的。”

“你是裁缝穆斯塔法的儿子吗?”魔法师再问。

“是的,先生!”阿拉丁答道,“他已经去世多年了。”

“老天爷啊,”魔法师大声哀叹道,“裁缝穆斯塔法去世了吗?太遗憾了!我还未见上他一面,他竟然就永远离我而去了!”

说完,魔法师上前拥抱阿拉丁,亲吻着他的脸庞,泪珠在眼眶里直打转,还不时地唏嘘叹息。

见这个陌生人如此伤心,阿拉丁感到有些诧异,便问他为何哭自己的父亲。魔法师泣不成声地答道:“你父亲穆斯塔法是我的亲兄弟,你是我的亲侄子啊!我一生爱好旅行,一直忙着周游列国、穿洋过海。后来我想家了,也想回来看看我的兄弟,没想到老天爷不愿让我们在生前相聚……你同他长得很像,这多少让我得到了一些安慰。”

阿拉丁被魔法师的话蒙骗住了,相信了他所说的一切,亲吻着他的手,感谢他的一片心意。

“你住在哪里,我的孩子?”魔法师问。

阿拉丁将自己的住址告诉了他。

魔法师交给阿拉丁两个金币,对他说道:“回到你妈妈那儿去,告诉她,如果可以的话,我会在明晚去拜访你们,看一看我兄弟穆斯塔法生前住过的家。”

于是,阿拉丁告别了魔法师,一口气跑回家中,心情十分激动。他惊异地问母亲:“告诉我,娘,您知道我有一个叔叔吗?”

“我的孩子,你没有叔叔,也没有舅舅。”母亲同样吃惊地答道。

阿拉丁便将魔法师所说的一切原原本本地讲给母亲听,还把两个金币也交给她。母亲感到奇怪,说道:“你父亲曾经跟我提起过,说他有一个兄弟,很早就死了,死去的时候他都没能见上一面。也许这个人就是你父亲说的已去世的兄弟吧!”

第二天,魔法师再次来到阿拉丁和同伴们玩耍的地方,又交给他两个金币,对他说:“我的侄子,回去告诉你妈妈,今晚我到你们家吃饭。”

阿拉丁连忙回到母亲那里,将两个金币交给她,并把魔法师的话转述了一遍。母亲便从邻居那借来一些贵重的碗碟,开始预备一顿丰盛的晚餐。

夜幕降临的时候,魔法师来了,还带来一个大篮子,里面装满了各种水果。阿拉丁的母亲一见他,就伤心地哭起来。

“亲爱的嫂嫂,请告诉我,我已故的兄弟以前坐在哪个座位?”魔法师问道。

阿拉丁的母亲指指角落里的一张十分陈旧的长椅。魔法师一见,表现出愈加伤心的样子。阿拉丁的母亲让他坐在他“兄弟”的座位上,他却痛苦地说道:"我不能坐在他的位置上。我现在正想象着他和我们坐在一块儿,他的灵魂已经降临。他曾经是多么爱我,我也是多么爱他。但是老天爷却不想让我在他去世之前见上他一面,和他说会儿话。"

接着,魔法师向阿拉丁母子俩讲起自己的事:他离开自己的"兄弟"已经有四十年了。在这四十年间,他一直在外漂泊,到过印度、波斯、巴格达,还游遍了整个非洲。最后,终于在偏远的非洲西部安顿下来。

而后,魔法师将话题转向阿拉丁,和蔼地问道:"我的孩子,你现在干些什么呢?"

阿拉丁感到很难为情,无法回答这个问题。母亲替他答道:"除了和坏孩子一道游手好闲之外,他成天什么也不干。他父亲曾想把手艺传给他,可他就是不学。我就更管不了他了。"

魔法师先是对阿拉丁的不可教诲表现出很吃惊的样子,然后和颜悦色地劝导他,并提供了许多工作,让他从中挑选一样。但是阿拉丁始终沉默着。

"如果你对学手艺不感兴趣的话,"魔法师说,"我认为你不会对做生意也感到厌烦吧?假如你愿意成为一名商人,我的侄儿,我后天可以在集上为你买一个铺面,给你准备各种又漂亮又贵重的货物,让你去做大生意,在商界出人头地。"

听罢此言,阿拉丁很高兴,再三感谢魔法师对自己的关心。是啊，他何尝不想摆脱这种游手好闲的日子，做一个真正的男子汉呢！

阿拉丁的母亲原本还心存疑虑，对这个陌生人是不是自己丈夫的兄弟表示怀疑。此时，当看见他对儿子的未来如此关心后，她就完全相信了他所说的一切。

晚饭时间到了，他们一起用餐。席间，魔法师不断地给予母子俩虚假的承诺和恩惠。大半个晚上过去了，魔法师才起身告辞。

翌日，魔法师带着阿拉丁来到集上，给他买了一套最昂贵的衣服，然后领他来到一家为外地商人开的旅店——魔法师就住在那儿。他请来各行各业的生意人在一起吃饭、聊天，当着大家的面称阿拉丁是自己的侄子。

天黑下来后，魔法师才把阿拉丁送回家去。阿拉丁的母亲见儿子穿着如此漂亮的新衣服，心里无比喜悦。她再三感谢魔法师的恩典，心想，老天爷是真的听见她在祈祷时对儿子的祝福了，才派来这么一位高贵的天使，使儿子霉气顿除，吉星高照，财运亨通。她叮嘱儿子一定要事事顺从魔法师的意愿。

“我原来打算明日为阿拉丁买一个铺面，可正好遇上礼拜五，店都不开门。我想，明日还是让他和我一道出城去玩玩，那是他一直都没去过的地方。后天再给他买店铺也不迟。”魔法师对她说。

第二天一早，魔法师来到阿拉丁的家，瞧见他早已准备就绪，便带他出了门。一路上，魔法师不断地让他看两旁的风景，好让他忘却一路上的劳累。出城都好远了,魔法师依然没有返回的意思。后来,阿拉丁累得实在走不动了,便要魔法师带他回去。

“过一会儿,我要让你看一样东西,那是你这辈子从未见过的。”魔法师满脸堆笑地安抚他。

阿拉丁不能违背他的意愿。于是,魔法师连哄带骗地让他继续往前走。

他们俩就这么一直走着,最后来到一座高山脚下。魔法师对阿拉丁说:“现在你就将看见你想都没想过的东西了。”

魔法师让阿拉丁拾来一些柴草,点着后又往里头扔了一些沉香。接着,魔法师嘟哝了几句阿拉丁根本听不懂的咒语。于是,山摇地动,脚下的地面在一点点地裂开,显现出一块又长又厚的石板,上面安着一个铜环。

阿拉丁早被眼前的景象吓坏了,想夺路而逃,却被魔法师重重地打了一耳光,还被威胁说,如果想逃跑,就杀死他。阿拉丁全身颤抖,又惊又怕,因为刚才还笑容可掬的魔法师转眼间就变得如此凶恶。他哭着问道:“叔叔,我做了什么错事,你要这样来惩罚我?”

“我难道不是你的叔叔吗?你怎能违背我的命令?”魔法师说,“我把你带到这个偏远的地方,是为了告诉你,这里的地底下埋着丰富的宝藏,里面的财宝是用你的名义保存起来的,世上只有你一个人能进得去。想想看,你怎能拒绝这一生中连做梦都梦不来的幸福呢?”

听了这话,阿拉丁转忧为喜,心里对魔法师的恩典感激不尽。

“你走过去,抓起石板当中的那个铜环,把石板掀起来,掀的时候要念着你自己的姓名,还有你父亲及祖父的姓名。”魔法师命令他。

阿拉丁毫不迟疑地按照魔法师的吩咐去做。果然,那石板毫不费劲地一下子就被拉开了。阿拉丁往里一瞧,看见有一个梯子直通地下。

这时,魔法师接着说道:“留神听着,阿拉丁!记住我对你所说的一切,不然你只会自寻死路。现在,你沿着梯子走下去。到了下面,你将看见一扇打开的门。你走进去,会看见路上有四个宽敞的大屋子,每间屋里都摆放着四个黄金或白银坛子,里面装的全是贵重珠宝。你必须迅速走过去,千万不要用手摸它们,或让衣襟蹭到,不然你就会马上倒地而死。走过去后,你将看见前面有一座美丽的花园,园中的果树上结满了五光十色的新鲜水果。你从中间穿过去,便可来到一个富丽堂皇的大厅。大厅的墙中间有一个很小的窗子,窗台上放着一盏已经点亮的油灯。你必须拿起灯,把它熄灭,拔掉灯芯,将里面的油倒出来,然后带着灯回来。如果你想要花园里的一些果实,可以随便摘,这对你是不禁止的。”

阿拉丁牢记着魔法师的嘱咐,小心翼翼地向深处走去,一直来到油灯所在的地方。他拿起灯,吹灭它,倒掉灯中的油,把它放进胸前的衣袋里,然后回到花园中。他见树上的果子又大又好看,心里很是喜欢,便摘了满满的一包,也放进胸前的衣袋里。其实,那些树上结的都是宝石果子,有绿宝石、红宝石、翡翠、珍珠等。可是,阿拉丁以前根本没见过珠宝的模样,在他看来,这些果实不过是些漂亮的玻璃球,可以拿回去向伙伴们炫耀的。

阿拉丁怕耽搁太久,魔法师会骂他,便急急忙忙地踏上了回去的路。他来到洞口,高声喊道:“叔叔,快来拽我的手,把我拉上去!”

“你先把灯递给我,侄儿,这样可以减轻你的负担。”

“现在不行啊,叔叔!灯在我的衣袋里装着,不好拿。况且灯也不重,压不倒我。你还是先把我拉上去吧,我一上去就把油灯交给你。”

可是,魔法师一再坚持要阿拉丁先把油灯递给他。阿拉丁心里好生奇怪,开始有了一些不祥的预感。于是,魔法师越是急不可待,阿拉丁就越是不敢将灯交给他,只是坚持要先出洞口。

“递过来!”魔法师开始喊叫了,而且伸出手去抢那盏灯,但是阿拉丁马上缩回了身子。在争抢中,魔法师没有注意到一枚戒指从他的手指上滑落下来。

最后,魔法师被激怒了,回身在点燃的柴草中又扔了些沉香,嘟哝了几句咒语。于是,身边的那块石板很快覆盖了洞口,恢复成原样。他拍拍双手,扬长而去。

阿拉丁被埋在了地底下。他开始对自己的固执懊悔起来,便扯着嗓门使劲喊了几遍:“叔叔,给你灯,让我出去!”

没有人回答他。阿拉丁吓得惊慌失措。他忍受不了洞里的漆黑,想回那个花园去,然而所有的门窗已经紧闭。他意识到自己会在这个洞里闷死,没想到这里竟会成为自己的坟墓!他万分痛苦,又想不出别的办法,只能听天由命。

就这样,阿拉丁在洞里待了整整两天两夜。他回忆起过去的许多事,觉得自己一向冥顽不化,给父母带来了许多麻烦,感到十分悔恨。原来老天让他遭遇这样的危险,就是为了惩罚他以前的行为。

第三天,阿拉丁已经饿得两眼昏花,有气无力。他非常痛苦,越发对以往的过错悔恨不已,于是举起双手默默地忏悔,祈求老天爷将自己从困境中解救出来。而后,他下意识地将魔法师遗落的那枚戒指戴在手指上并来回转了一下。这时,一个巨大的神怪忽然出现在一片云雾之中,对他说道:“来了,主人!听从您的命令!我是您忠实的仆人。”

阿拉丁吓得惊恐不已。他结结巴巴地说道:“如果……你能够……我求你……让我从这个地方出去。”

话音刚落,神怪已经把阿拉丁送到地面。阿拉丁真是欣喜万分,非常感激老天爷对他的恩德。他急匆匆地往家赶,回到家时已精疲力竭。由于担忧和牵挂儿子,阿拉丁的母亲已经三天没有合眼了，一直在祈祷老天保佑儿子平安无事。见儿子归来，母亲十分庆幸。然而阿拉丁由于疲劳过度，一下子昏倒在地上。母亲费了好大一番工夫才将他唤醒。醒后，阿拉丁迫切地说道："娘！快给我拿吃的来，我要饿死了！"

母亲连忙端来家里仅有的一点面包屑。阿拉丁狼吞虎咽地吃了下去，然后同母亲讲起所发生的一切。阿拉丁的母亲听后，知道魔法师差点要了儿子的命，心里很气愤，同时也庆幸老天有眼，将儿子解救出来。

阿拉丁说完后，想起衣袋里的东西，便将神灯和一堆珠宝玉石一并掏出，让母亲观赏。阿拉丁的母亲也没见过珠宝，以为它们不过是一些漂亮的玻璃制品，便随手将它们搁置起来。

阿拉丁实在太困了，一直睡到第二天中午。起床后他感觉很饿，可家里能吃的东西已经都吃光了。母亲决定到集上将自己纺好的一点棉纱卖了，换回点食物。

"把这些棉纱留着，娘！你把那盏灯给我，我拿去卖掉。油灯保管比纱值钱些。"阿拉丁说。

母亲端来那盏旧油灯，见上面很脏，就拿起一块布擦拭起来。刚擦了一下，从云雾中就钻出一个神怪。那神怪又高又大，像一座大山。它大声地对阿拉丁的母亲说道："来了，来了！您想要什么，我的女主人？我是您忠实的仆人。"

老妈妈吓得目瞪口呆，昏厥过去。阿拉丁终于明白发生了什么事，因为他早已在宝洞里见过一个类似的神怪，所以这回他不再紧张了。他紧握着油灯，一字一句地说道："我们很饿，请给我们一顿美餐，慷慨的精灵！"

神怪马上消失了，随即便端来一顿丰盛的饭菜，一共装了十二盘，有各种可口的食物和水果，另加六张大饼。神怪放下饭菜后，再次消失了。阿拉丁唤醒母亲，并将发生的一切告诉她。母亲又惊又喜。二人一同坐下来吃饭。这顿丰盛的饭菜，他们足足吃了三天。

老妈妈对那个神怪仍心有余悸，要阿拉丁将油灯远远地收藏着。阿拉丁答应了母亲的要求。他不想让神怪再次打扰母亲，于是决定不轻易用它。饭菜吃完后，他把其中的一个盘子拿到集市上，找了一个犹太商人，卖了一个金币，然后买回食物，将剩余的钱交给母亲。等过几天食物吃完后，他就再卖掉一个盘子……直至把所有的盘子卖完。后来的一天，趁母亲不在家，阿拉丁拿出油灯轻轻地擦拭。像上次那样，神怪立即答应了阿拉丁的要求。

有一天，阿拉丁到集市上卖盘子，结识了一位厚道的珠宝店老板。老板告诉他这盘子是金子做的，至少值七十个金币。阿拉丁才明白自己上了那个犹太商人的当，于是决定以后只将盘子卖给珠宝店老板。他和老板成了好朋友，并向老板学习了很多做生意的常识。这时他才恍然大悟，原来自己从花园里摘来的那些果实，哪里是什么玻璃玩具，那是世上罕见的珠宝！

就这样,靠着卖金盘,阿拉丁母子俩积攒了不少钱,生活状况比以前好了许多。尽管如此,母子俩依然非常节约。阿拉丁已经长大了,也懂事多了。他意识到自己肩上的责任,和那些游手好闲的旧伙伴断绝了来往,开始结交有学问、有涵养的名人,从中学到很多知识和本领。母子俩的生活也日渐宽裕起来。

转眼间,阿拉丁已长成一个高大、英俊的小伙子。一天,阿拉丁像往常那样,到集市上走走,听见街上的人们都在津津乐道一件事,说皇帝的女儿布都尔公主一会儿要来澡堂沐浴熏香。阿拉丁从未见过公主,很想一睹她的芳容,便等在一旁。不久,公主果然在卫兵们的簇拥下经过此地,只见她美丽可爱,仪态动人,就似仙女下凡。阿拉丁被公主的美貌折服,对她一见倾心。

在回家的路上,阿拉丁边走边琢磨着刚才这件事。他有一个大胆的想法,就是向皇上提亲,请求皇上把女儿嫁给自己。他觉得自己现在已成为本地名流,是有资格向皇上提亲的。倘若有什么障碍,他的那盏神灯一定能帮他克服各种困难,最终实现自己的愿望。

回家后,阿拉丁的母亲见儿子心事重重的样子,就问他怎么了。阿拉丁低着脑袋,有些难为情。在母亲的一再追问下,他才吞吞吐吐地说:“娘,我原本想瞒着您,免得您以为我疯了。可您老问,我也不好藏在心里……今天,我见到布都尔公主了,她是我生平见过的最美最可爱的人。我对她一见钟情,所以想去见皇上,请求他把公主嫁给我。”

母亲吃惊得都要叫出声来。她惶惑不安地说道:“伟大的皇帝陛下的女儿！阿拉丁——贫穷的裁缝穆斯塔法的小儿子,竟想娶她做妻子?！你一定是着魔了,我的儿!”

“不,娘！我很明白自己所说的话。我只求您办一件事,就是替我向皇上提亲。”阿拉丁微笑着说。

“我的儿！这件事你最好连想都不要想。如果皇上听见这话,会杀我们头的。我们是谁？怎能指望和伟大的皇上结亲？另选一个姑娘吧,儿子！任何一个姑娘都行,我会为你提亲去。别指望娶布都尔公主了,这是不可能实现的。况且,你也没有必要冒这个风险,去惹皇上发怒和被人们嘲笑。”

“请相信我的能力,娘！不管您如何劝说,我都不会改变自己的主意。您能为我进宫向皇上提亲吗？如果他答应了,您就帮我实现了我最大的愿望。”

“即使我去了,我拿什么提亲的礼物献给皇上啊?”

“别担心,娘！我不但有礼物,而且有世界上最贵重的礼物呢。您还记得吗,娘？那回我从地下宝库中带回来的东西,原来我一直以为是玻璃,可现在我晓得那是无价之宝。我拥有的最小的一颗宝石,比皇帝最大的珠宝还要大得多。您把这些宝贝献给皇上,不就可以理直气壮地为我求亲了吗?”

母亲见阿拉丁如此坚决,便答应帮助他实现愿望。阿拉丁十分高兴,怀着美好的期待进入了梦乡。

翌日一早,阿拉丁的母亲穿上最好的衣服,怀揣着一大匣子的珍贵宝石见皇上去了。她急急忙忙地来到皇宫门前,看见文武百官早已排成长队,依次等着皇上接见。于是她小心翼翼地站在远处,打量着一切。可直到晌午过后,官员们都离开了,仍没有人理她。她只好很泄气地拿着珠宝转回家去。

阿拉丁一见母亲把珠宝带回来了,知道事儿没办成,便问母亲怎么了。母亲将经过告诉阿拉丁,并答应他第二天再去。可是第二天去了以后,还是同样的情况。就这样,一个星期过去了。

皇帝近来不断地发现阿拉丁的母亲规规矩矩地站在外面,却一次也没进来求见。于是他告诉宰相,若那个老妇人再出现,便让她先进宫来。

第二天,阿拉丁的母亲果然又来了。宰相将她带到皇帝面前。她一见到皇上便磕了几个响头,大呼“皇上万寿无疆”。

“老人家,你有何事?”皇帝问道。

阿拉丁的母亲上前跪下:“如果伟大的皇帝陛下愿意听我的故事,我一生都不会忘记您的大恩大德。”

接着,她献上礼物。皇帝打开匣子,一瞧见这么多世上罕见、价值连城的宝石,惊奇得合不拢嘴。

“我若接受了如此贵重的礼物,你要我做何事?”皇帝问。

“民妇的儿子阿拉丁,想斗胆向慷慨的皇帝陛下求亲。”

皇帝想不到阿拉丁的母亲说出这番话来。他想了想，然后说道："那好吧。我觉得能献出这么多宝贝的人，有资格做布都尔公主的丈夫。你回去对你儿子说，三个月后，我愿将公主嫁给他。"

老妈妈迅速回家将好消息告诉阿拉丁。阿拉丁欣喜若狂，真没想到皇帝如此痛快就答应了自己的请求。

两个月过去了。阿拉丁每天都在计算着，盼望着与布都尔公主成亲的那天早日到来，心里充满了对未来的无限憧憬。然而，意想不到的事情发生了！一天清早，阿拉丁的母亲上街买东西，看见整个城市装扮一新，到处都张灯结彩的，好一派热闹的景象！她很纳闷，便问别人是怎么回事。

"老人家，你是外乡人吧？不知道今天是布都尔公主与宰相的公子成亲的日子？"别人反问她。

阿拉丁的母亲听后，心里又惊又急。她急匆匆地赶回家，将这个消息告诉儿子。阿拉丁听了十分难过，也很失望，但他知道灰心丧气是没有用的。他暗暗思忖了一番，想了一个绝妙的办法。

阿拉丁回到自己的卧室，把门掩上，拿出藏在里面的神灯，用手擦了一下。突然，神怪出现在云雾之中，恭顺地说道："我来了，主人！请命令我吧，我和所有的手下人都遵从您的旨意。"

"今晚是宰相的儿子和布都尔公主成亲的日子。"阿拉丁说，"我只要求你将宰相的儿子带走，整夜都不让他接近公主。"

"遵命，我的主人！您会如愿以偿的。"神怪说完，便消失了。

是夜，当婚礼结束，客人们陆续离开以后，神怪将宰相的儿子从布都尔公主的房里掳走，关在皇宫的盥洗室里。公主找不见自己的丈夫，独自一人待到早上，心里十分奇怪，不知新郎为何一整夜都不见人影。

天亮时，神怪松了新郎的绑。宰相的儿子回到公主的房间时，已经吓得面如死灰，只字没敢向公主提起昨晚的遭遇。

早上，皇帝和皇后来看望新婚的女儿，发现她愁容满面，就问她怎么了。布都尔公主怕引起他们的担忧，便装出没事的样子。

紧接着的两个晚上，神怪都像第一夜那样将新郎掳走，关在盥洗室里。于是，布都尔公主再也忍受不下去了，便在私下里将这件怪事告诉了母亲。皇后又把这件事禀告了皇帝。皇帝大怒，立即召见宰相和他的儿子，要他们将发生的一切解释清楚。宰相的儿子见事已至此，不能再顾及面子了，只好将三夜的遭遇如实叙述了一遍，然后扑通一声跪倒在皇帝面前，哀求他解除自己与公主的婚约。

皇帝答应了宰相之子的请求，宣布解除婚约。皇帝思来想去，对这件怪事百思不得其解。他隐隐约约地记起自己曾在阿拉丁的母亲面前做过承诺，答应将公主许配给她的儿子。那么，难道这一切是老天的安排吗？因为他没有履行自己的诺言，女儿也就无法得到婚姻的幸福吗？

而阿拉丁仍然在家里耐心地等待着。三个月期满的时候，他让母亲再次前往皇宫,提醒皇帝自己所做的承诺。皇帝立刻召见了她。

“皇上,您讲好的三个月期限已经到了,现在我求您让布都尔公主同我儿子成亲。”阿拉丁的母亲跪着禀告道。

皇帝一时有些为难,不知如何应答。于是,他将宰相召至近前,询问他的意见。

“臣以为皇上不应允许将公主下嫁给一个没有任何身份的无名小辈,也许他根本没有资格和伟大的皇帝陛下结亲。依臣看,只有一个办法能摆脱这个尴尬的局面,就是在公主的聘礼上狠狠加价,让他无力支付。这样,我们便可以在不违背诺言的情况下,顺理成章地拒绝这门亲事。”宰相说。

皇帝一听这个主意不错,非常高兴,便对阿拉丁的母亲说道:

“你去告诉你的儿子,我这个人遵守诺言,决不食言。只是公主的聘礼极其昂贵,他得好好准备一番。要拿四十个纯金盘子,盘里装满像上回献给我的那种特大宝石,由四十个女奴捧着,再由四十个男仆护卫,一起送进宫来,表示对公主的爱意。”

皇帝的话让阿拉丁的母亲很失望,她灰心丧气地回到家中,觉得儿子这回一定没有办法满足皇上的苛刻要求了。可是,阿拉丁听了母亲的叙述后却满心欢喜。他拿出神灯,轻轻地一擦,神怪立即出现在眼前。阿拉丁要求它送来四十大盘珠宝,并由四十个衣着华丽的女奴端盘,外加四十个男仆护卫。不一会儿,神怪便将主人所要求的宝石和男女仆人全带来了。

阿拉丁马上让母亲带着仆人去皇宫送礼。于是,老妈妈在前面领路,婢女们头顶金盘,跟在后头,而男仆们则伴随女仆,保护财产。街头的人们一见如此壮观的景象,个个惊叹不已。皇帝则更加吃惊,因为阿拉丁竟然在这么短的时间内就把聘礼置办好了。他把头转向宰相,询问他的意见。宰相尽管十分嫉恨阿拉丁,但此时已无法阻止他同公主成婚。

"老人家,我接受你的请求了,并且要见见你的儿子,好将公主许配给他。"皇帝终于说道。

阿拉丁的母亲谢过皇帝的恩典,请求告辞。她兴高采烈地回到家,告诉儿子皇上要召见他,并将公主许配给他。阿拉丁激动得跳起来,感谢老天帮助他实现了这个美好的心愿。阿拉丁回到卧室,拿出神灯,轻轻擦了一下。神怪立即出现了,毕恭毕敬地说道:"请下命令吧,主人!"

"给我准备一间天下最气派的澡堂,再给我弄一身华丽至极的衣服。"阿拉丁命令道。

话音刚落,神怪便带着阿拉丁飞起来,一直飞到一座富丽堂皇的澡堂里。这座澡堂是用玛瑙和雪花石砌成的,金光闪闪,真是世间少有。在阿拉丁沐浴时,神怪派了手下的奴隶在一旁伺候着他,并给他端来气味芬芳的香水和镶满名贵珠宝的衣服。阿拉丁穿上后,英俊潇洒,俨然一位显赫的王子。

浴后，阿拉丁要求神怪带来一匹身挂金鞍的骏马，以及四十个手捧珠宝、衣着整齐的奴隶，分两队在前后簇拥着他。此外，再带来六个衣着华丽的女奴，在一旁陪伴母亲，另加十个各装一千金币的麻袋。神怪很快满足了阿拉丁的一切要求。

准备就绪后，阿拉丁带着壮观的队伍浩浩荡荡地向皇宫进发。母亲和女奴们在队伍中间向围观的百姓散发着手里的金币。人们聚集在道路两旁，欢呼着阿拉丁的名字，感谢他的慷慨。

阿拉丁到达皇宫时，皇帝的大臣和内侍们早已在门口列队迎接他。阿拉丁在他们的陪伴下进入大殿。在宝座前，阿拉丁欲行跪礼，皇帝却把他拦住了，而且高兴地拥抱他，把他拉到身边就座。阿拉丁谢过皇帝，说道："蒙陛下厚爱，允许我和布都尔公主成婚。今后，我一定铭记陛下对我的恩德，永远做一个忠实的仆人和儿子。祝陛下万寿无疆，国泰民安！"

皇帝请阿拉丁和众臣共赴午宴。席间，阿拉丁谈吐大方，言语睿智，深得皇帝的喜爱。午宴结束后，皇帝叫来大法官，当场将布都尔公主许配给了阿拉丁。

"在举行结婚仪式之前，"阿拉丁说道，"我希望陛下允许我在皇宫前面为公主建造一座新宫，以表示我对公主的深情。我会很快把宫殿造好的。"

国王应允了阿拉丁的请求。阿拉丁高兴地回到家中，拿出神灯，轻轻一擦，神怪立刻出现在眼前。

“我要你以最快的速度在皇宫前面的那块平地上，建一座豪华的宝石宫殿。宫里的摆设，要用世界上最精美的东西。在宫殿的顶层建造一个宽敞的望景亭，亭上开二十四扇由珠宝镶嵌的格子窗。宫殿的周围还要建一个美丽的大花园。”阿拉丁命令道。

“遵命，我的主人！”神怪说完便离开了。

第二天一早，阿拉丁刚睁开双眼，神怪就出现在面前。

“主人，宫殿已经盖好了，请您随我前去看看。”

神怪带着阿拉丁飞到宫殿前。阿拉丁仔细巡视了一番，对这座壮丽雄伟的宫殿感到很满意。他命令神怪在新宫殿和皇宫之间铺一张又长又宽的织锦地毯，供公主来回行走时使用。而后，他回家取来神灯，将它端端正正地摆放在新宫的一个房间里。

阿拉丁立即来到皇宫，邀请皇帝去参观他为布都尔公主建造的新宫。在一夜之间就拔地而起的豪华宫殿前，皇帝和宰相几乎都看呆了。宰相心里充满了对阿拉丁的妒忌和愤恨，因为自己的儿子本应成为国王的乘龙快婿，这样的荣耀却被阿拉丁抢去了。

“这人一定是个巫师。普通人——不管他多么富有，本事有多大，是不可能在一夜之间建成这样一座豪华宫殿的。”宰相对国王耳语道。

“这没有什么奇怪的。既然他先前能拿出那样名贵的珠宝献给公主做聘礼，也就一定有能力建造这么一幢华丽的宫殿。”国王答道。

见阿拉丁走近，两人停止了谈话，同他热烈地拥抱握手，并随他一道进宫参观。对宫内精致的陈设、别致的布局、豪华的家具，他们都不时地发出阵阵惊叹。最后，一行人来到了顶层的望景亭。皇帝看着一扇扇镶满宝石的窗子，再望望四周美不胜收的景色，心神恍惚，仿佛置身于仙境之中，惊讶得说不出话来。

回到皇宫后，皇帝立即传令击鼓，将全城装饰一新，庆祝公主与阿拉丁成婚。夜幕刚刚降临，城里早已是灯火通明，一片喜气洋洋的景象。布都尔公主对新宫非常满意，阿拉丁更为能与美丽的公主成婚而高兴。

婚后，两人生活在快乐和幸福之中。阿拉丁不时出外打猎几日，回到宫中，便向穷人施舍财物。皇帝每天早晨都来新宫看望公主，然后返回皇宫处理国事。就这样，他们幸福美满地过了整整一年。

再说那个魔法师将阿拉丁关进地下宝洞后，便回到了非洲。他一点也不怀疑阿拉丁已经死在洞里了。日子一天天、一月月地过去了，魔法师似乎再也没想起阿拉丁。

一天夜里，魔法师忽然做了个梦，梦见阿拉丁已经变成一位富有的王公贵族。他醒来后又惊又怕，连忙取出沙盘，准备好好地卜问一下，弄清楚阿拉丁的下场和神灯的去向。占卜的结果表明阿拉丁还活着，并且已经成为神灯的主人。魔法师怒不可遏，匆匆忙忙地准备了一下，马上踏上了去中国的路途。

到达目的地后，魔法师在一家客栈稍事休息，便开始上街打听有关阿拉丁的事情。他听见人们都在赞扬阿拉丁的慷慨美德、巨额财富和超凡能力。人们所议论的一个普遍话题是：阿拉丁如何能在一夜之间建成一座举世无双的豪华宫殿？

“阿拉丁是谁？”魔法师问。

人们对魔法师的问题感到很惊讶，见他是个异乡人，就将他们所知道的有关阿拉丁的故事讲给他听。魔法师表示很想去看一看那座绝妙的宫殿，于是，一个当地人主动给他领路。魔法师一见到宫殿如此奢华，便知道阿拉丁一定是得到神灯的帮助了。因为他——一个穷裁缝的儿子，如果没有神灯的帮助，仅靠自己的能力是绝对不可能如此飞黄腾达的。

翌日，魔法师来到宫殿门前，向门房问起主人。门房告诉他，阿拉丁三天前出门打猎去了，要八天才能回来。魔法师心中大喜——复仇的机会来了！

魔法师回到客栈，用沙盘卜算了一下神灯的下落，得知神灯此时就摆放在公主卧房的隔壁房间里。他绞尽脑汁，想出了一个好办法。于是，他来到一个铺子，买了十盏新灯，盛在一个卖东西用的大篮子里。然后他拎着大篮子，一路朝阿拉丁的宫殿走去。走到近旁后，他开始扯着嗓子高声吆喝道：“旧灯换新灯喽！”

他刚喊完，那些在街上玩耍的孩子便哄笑起来。他们紧紧跟随着魔法师，一边走一边笑他是笨蛋。叫喊声惊动了正在望景亭中眺望景致的公主,她探头一看,不知道外面发生了什么事,便打发一个婢女出去看个究竟。婢女回来后,笑着禀告公主,说是一个人要用自己的新灯换别人的旧灯。公主和婢女们越发感到奇怪。

“我觉得这人说的绝不是真话。”一个婢女说。

“公主,咱们可以试试他说的话是真是假。”另一个婢女说,“隔壁房间里有一盏旧灯,我们拿去给他,不就明白他到底要干什么了吗?”

原来,阿拉丁一时疏忽大意,有一次忘记把神灯锁起来藏好,碰巧被那个婢女看见了。

公主从未听阿拉丁说起过神灯的事,以为那不过是一盏普通的旧灯,便同意了婢女的建议,让她拿着旧灯去找那个吆喝者。于是,婢女下楼将神灯交给魔法师,魔法师马上给了她一盏新灯。婢女高高兴兴地回宫去了。

魔法师拿到神灯,高兴得简直要发疯。他停止了吆喝,一路猛跑,甩掉了跟在后面的孩子们,然后溜回郊外的客栈。他决意报复阿拉丁,便耐着性子等待夜晚的来临。

夜幕降临后,魔法师从怀里掏出神灯,轻轻地一擦,神怪立刻出现在面前,说道:“请下命令吧,我的主人!我和我所有的手下随时听候您的吩咐。”

“我命令你马上将阿拉丁的宫殿连同宫里的一切都搬到非洲。还有,顺便把我也带过去。”魔法师说。

“遵命,我的主人!”

瞬间,魔法师、宫殿以及宫殿里所有的东西便被运到了非洲。

第二天清晨,皇帝像平日那样早早地起了身,来到窗子旁往外一望,咦!女儿的宫殿怎么不见了?他以为自己看错了,就使劲揉了揉双眼,再仔细一看,还是什么也没有。皇帝大吃一惊,急忙来到原来宫殿所在的那块平地上,却找不到一丝残迹。他十分纳闷,心想:难道地裂了,把宫殿吞掉了?或者是它自己飞到天上去了?

国王惊慌失措地将宰相叫来,告诉他所发生的一切。宰相也很吃惊,同时觉得这是一个报复阿拉丁的好机会,便说:“陛下!臣以前曾对您说过,阿拉丁是一个巫师,宫殿只是巫术所为,可陛下不相信臣的话。现在,您总该相信了吧。”

听了宰相的话,国王勃然大怒,命令卫队四处搜寻阿拉丁,将他戴上镣铐押回。卫队立即出发去寻找,终于在城外的山上找到了正在打猎的阿拉丁。卫队长走上前,告诉他国王发怒了,下令逮捕他。阿拉丁惊讶不已,忙问国王为何发怒。

“说真的,尊贵的驸马爷,我也不知道。”卫队长答道。

阿拉丁没有反抗,顺从地跟着他们回皇宫去了。

阿拉丁戴着镣铐进城后,人们都很惊讶,消息风一般地迅速传开。阿拉丁平时对穷苦人是很和善、慷慨的,因此老百姓都很爱戴他。他们看见阿拉丁被捕,都为他的遭遇而痛哭起来。城里的知名人士纷纷聚集在一起,要面见皇上,询问他对驸马阿拉丁发怒的原因，准备为阿拉丁说情。

而皇帝一见到阿拉丁，不由分说就命令刽子手砍他的头。刽子手解下阿拉丁脖子和手上的镣铐，令他跪下，将他的双眼蒙上，然后抽出雪亮的宝剑，等待皇帝下达处决的命令。

就在刽子手把剑架在阿拉丁脖子上的时候，一位大臣上前说情，然后是第二位、第三位……接着，由民间知名人士组成的代表团也进宫来，请求皇上饶恕阿拉丁的罪过。宰相一看有这么多民众同情阿拉丁，只好对皇帝耳语了几句，劝他接受他们的说情，将斩首延期执行。当时，皇帝也觉得最好是放弃杀头，改用另一种方式惩罚阿拉丁，以平息民众的情绪。于是，他便命令刽子手放开阿拉丁。

"感谢陛下对我的不杀之恩。希望陛下能再赐予我一个恩典，让我知道究竟是什么事使您如此生气。到现在我都不明白自己犯了什么罪，惹陛下您如此动怒。"阿拉丁起身彬彬有礼地说道。

皇帝没有正面回答，只是拽着他来到窗前，怒气冲冲地问道："告诉我，你的宫殿到哪里去了？我的女儿又到哪里去了？"

阿拉丁四处张望，没发现半点宫殿的影子。他自己也莫名其妙，不知道出了什么事。皇帝又大声呵斥了一通，他才从恍惚中回过味来。

"请原谅，陛下！我也不知道这究竟是怎么一回事。我失去了妻子，不比陛下您失去女儿所受的痛苦要少。我会不遗余力地寻找她。请求陛下给我一个期限，最好是四十天。如果过了四十天，我还找不回公主，那我情愿受罚，绝无怨言。”

“可以，不过你记住，如果你失败了，我一定会杀死你的。你到任何地方都逃不出我的手掌心。”

阿拉丁出了宫，心情十分沮丧，不知该如何是好。他开始像疯子一样在城里四处乱走，见人就问：“我的宫殿到哪里去了？我的妻子到哪里去了？”

人们对他的遭遇深表同情，除了给他送些吃的，也只能说些安慰的话语。

阿拉丁就这样魂不守舍地在城里流浪了三天，没有任何收获，他只好出城去寻找。阿拉丁一路漫无目的地走着，来到一条河边。万分绝望的他想投河自尽，一死了之。然而，当他站在河岸边，看着滚滚流淌的河水，他一下子想起当年被埋在地下宝洞的那种无助感。当时他没死，才有了今天的地位，现在怎能自杀呢？要知道，向绝望投降绝非男子汉的品格。

想到这里，阿拉丁一下子坚强了起来。他俯身掬一捧水想洗洗脸，却感到头重脚轻，不小心一头栽进了水里，几乎要被淹死。幸运的是，他发现离岸边不远处有一块凸起的岩石，于是连忙攀住它，想爬上去。这时，他手指上的戒指与石头碰了一下。这么长时间以来，阿拉丁已经把这个神奇的戒指给忘了，他忘了从前就是这个戒指将自己从宝洞里解救出来的。戒指与石头一摩擦，神怪就出现在眼前,说道:“来了,主人!请下命令吧!”

阿拉丁看到戒指神怪,心里十分高兴,说道:“赶快把我救上岸。”

戒指神怪立刻将他救上了岸。

“帮我把宫殿搬回来。”阿拉丁又命令道。

“主人,这件事我实在是做不到。我赢不了灯神,它是最强大的精灵王,也是它将您的宫殿搬到非洲的。”

“那么,你就把我带到我的宫殿所在地吧。”

于是,戒指神怪背着阿拉丁飞上天空,眨眼间便来到他的宫殿前。此时,夜已深,四周什么也看不清,但阿拉丁还是设法找到了布都尔公主的房间。他站在窗前,忆起了往日的幸福和温馨,思潮起伏,潸然泪下。后来,他实在太疲倦,就在宫殿附近的一棵树下睡着了。

黎明时分,阿拉丁醒来了,便来到布都尔公主的窗下。恰巧这天公主起得比平日早,她一眼瞥见阿拉丁时,又惊又喜,连忙跑下楼去,打开小侧门让他进来。两人见面,喜悦是无法用言语来描述的。坐定之后,公主便将非洲魔法师用新灯换走旧灯的事从头至尾细说了一遍,并且告诉阿拉丁,魔法师如何想霸占自己,倘若不应允,他如何以杀死她相逼,她又如何蔑视魔法师的威胁,等等。阿拉丁听了非常气愤,他问公主神灯的下落。公主也早已明白了这场灾难的缘由,说道:“魔法师总把灯揣在怀里,一刻也不离身。”

阿拉丁决意报仇,他和妻子一起安排了一个将魔法师置于死地的计策。随后,他怀着对魔法师的满腔仇恨出了宫殿,往城里走去。路上他遇见一个农夫,就将自己的新衣服给了他,穿上农民脱下的破烂衣服,乔装打扮进了城,免得让魔法师认出来。在城里,他买了一瓶烈性麻醉药,然后回到了布都尔公主那里。

入夜,魔法师一回到宫中,布都尔公主就满面春风地迎上前来。魔法师显然上当了,他很高兴,以为公主终于对阿拉丁彻底死了心,同意嫁给他了。公主拿出酒杯,亲手斟了一杯酒,还说了许多娓娓动听的话。魔法师完全相信了公主,快乐得忘记了一切,将酒一饮而尽。谁知,酒一下肚,他便觉得天旋地转,随即瘫倒在地上,呼呼大睡。

这时,阿拉丁连忙进来,从魔法师怀中搜出了神灯,然后带着公主迅速来到另一个房间。他关上房门后,拿出神灯轻轻一擦,神怪便出现在面前。

“把那个魔法师抬到高山上,从山顶扔下去,让野兽吃他、猛禽啄他,然后将宫殿搬回原来的地方。”

一会儿工夫,神怪就完成了阿拉丁交给它的所有任务。

第二天清晨,皇帝像平日那样起得很早。他往窗外望了望,忽然看见阿拉丁的宫殿回到了原位。他不相信自己的眼睛,以为自己还在做梦,于是使劲揉揉双眼,宫殿果真还在那儿,一动不动的。

于是，皇帝喜不自禁地吩咐侍从备马，他要亲自去证实一下。他刚跑出去，就看见女儿从窗内探出头，正朝着皇宫张望呢。布都尔公主见日夜思念的父亲来了，忙跑下楼。父女相见，喜极而泣。

坐定后，公主迫不及待地将发生的事情一五一十地告诉父亲。皇帝对冤枉了无辜的女婿感到十分后悔，便来到阿拉丁的房间，叫醒他，向他真诚地道歉。

“陛下，当初的一切都不要再提了。”阿拉丁说道，“您那样对我，实是出于爱女之心，我不会怪您的。要怪只怪那狠毒的非洲魔法师。现在好了，请放心，我一定会好好珍爱公主的。”

听了这话，皇帝很高兴，于是下令装饰全城，大摆宴席，庆祝布都尔公主和驸马阿拉丁平安归来。

阿拉丁杀了非洲魔法师，重新拥有了神灯、公主，但他还没有永远地摆脱魔法师的危害。因为那个非洲魔法师有一个哥哥，也精通魔法和巫术，并且比他弟弟还要恶毒、狡猾。兄弟俩总是每年在非洲的老家会一次面，然后各奔东西，等来年再聚。

这一年过去后，作为哥哥的大魔法师返回老家，等着和弟弟团聚，可等了好些日子，他弟弟都没有露面。大魔法师感到很纳闷，便端出沙盘，卜问弟弟的下落。卦象显示，他的弟弟已不在人世。大魔法师连忙又卜了一卦，得知弟弟是死于非命的，连尸体都被老鹰吃掉了。他很伤心，于是一遍又一遍地占卦，终于明白了发生的一切。

大魔法师决心以牙还牙，替弟弟报仇雪恨。他穿洋过海来到中国，在京城里找了一个客栈，安顿下来后，便开始上街熟悉情况。在一个茶馆里，他听见有些人在议论一个名叫法帖梅的老道姑，说她如何虔诚善良、品德高尚。她住在城外一个僻静的地方，每周接待来访者两次，免费为他们治病，并且总能妙手回春，药到病除。

说者无心，听者有意。大魔法师知道这些情况后，便在心里酝酿了一个罪恶的阴谋。他向旁人打听了道姑的住所，便回到客栈，耐心地等待日落。当天夜里，他来到道姑法帖梅的小屋时，道姑已经睡下。由于屋里没有什么值钱的东西，她从不担心会有盗贼来，屋门也关得不严实，所以大魔法师不费吹灰之力便撬开了门锁。他偷偷摸摸地进屋后，看见道姑法帖梅正躺在一张破旧的木床上睡觉。他拔出匕首，把道姑叫醒。道姑醒后，发现一个男人站在面前，正手拿匕首直指着自己的胸膛，吓得浑身发抖。大魔法师趁机威胁道："快起来，老太婆！别出声，否则我要你的命。照我说的去做，我不会伤害你的。"

道姑法帖梅只好服从大魔法师的命令，战战兢兢地问道："老爷，你要我做什么？"

"我要你的衣服，把它脱下来给我穿。"大魔法师命令道。

道姑法帖梅顺从地照他的话做了。大魔法师穿上道姑的衣服，戴上头巾、面纱后，又命令道："现在，我要你想办法给我化妆，让我的脸看起来像你的脸。我发誓：假如你完成了这个任务，我是决不会伤害你的。”

道姑法帖梅不敢不从。她点亮油灯，拿出自己所有的油膏，在大魔法师的脸上涂来涂去，终于使他的面貌看起来和她一样，然后取下长念珠，挂在他的脖子上，又将拐杖也给了他。最后，道姑取来一面镜子，让大魔法师照照自己的模样。大魔法师左照右照，觉得镜子里的人确实和眼前的老太婆相差无几，便点头表示满意。道姑法帖梅以为他会信守诺言放过她的，然而她完全想错了。尽管道姑法帖梅已经年老体弱，狠毒的大魔法师也仍然不愿放过她。只见他用双手使劲掐住道姑的脖子，直至她断了气，随即把她扔进屋旁的一口深井里，一点痕迹都不留。他干完这一切罪恶的勾当后，便转回屋子，在里面睡了一宿。

第二天早上，狡猾的大魔法师起身后，匆匆忙忙地向城里赶去。刚进了城，便有许多人围上前来，拿起他的手和衣襟不断地亲吻，并祝福他健康长寿。显然，人们已经把他当成可敬的道姑法帖梅了。他在众人的簇拥下，来到阿拉丁的宫殿前。布都尔公主从窗口望见这一热闹的景象，便打发一个婢女下楼探个究竟。婢女回来后，禀告公主，说是道姑法帖梅来了。布都尔公主对这位善良的道姑慕名已久，很想亲眼看看她，于是让婢女请她进宫来。

就这样，可恶的非洲大魔法师堂而皇之地进入了阿拉丁的宫殿。布都尔公主见他来了，连忙起身迎接，亲切地问候他，希望他能在宫中住上一段时间，为她祈祷求福。显然，公主也相信他就是自己所景仰的道姑法帖梅。面对公主的请求，大魔法师假装迟疑了一下，仿佛担心世间俗事会打扰自己修道练功。在公主的再三恳求下，他才接受了她的邀请，同意在宫中住一些时日。他为自己挑选了一个最小的房间。当布都尔公主邀请他一同进餐时，他回绝了，因为吃饭时是要摘掉面纱的，一旦露出马脚，不就前功尽弃了吗？于是，他对公主说道："请公主不必费心了。我是一个修道的老太婆，不习惯吃你们那种油腻丰盛的食物。你只需送一点面饼和水果来，让我在自己的小屋里吃就行了。"

布都尔公主依从了他的要求。

第二天，布都尔公主陪着这位假冒的道姑法帖梅来到宫殿的顶层，参观那个有二十四扇宝石窗户的望景亭。大魔法师对宫殿奇妙的布局、豪华的陈设和窗外美丽的景色一一表示赞叹，然后说道："恕我直言，公主，这间望景亭尚有一个美中不足的地方。如果再加上一件东西，便能完美无缺了。"

"法帖梅老人家，请快告诉我，还缺一样什么东西？"公主急切地问。

"如果你能在屋顶的正中央挂上一个稀罕、名贵的神鹰蛋，我想，这个望景亭便再也没有什么可挑剔的地方了。"

"好的，我今天就可以找一个神鹰蛋挂上。"

太阳下山时，阿拉丁打猎回来了。布都尔公主见了丈夫，同他寒暄几句后，便提起神鹰蛋的事。阿拉丁满口答应了，然后走进自己的房间，拿出神灯轻轻一擦，唤来了神怪。

“你去给我找一个神鹰蛋，把它挂在望景亭的正中央，让我的宫殿锦上添花。”阿拉丁说道。

神怪听了阿拉丁的要求后，勃然大怒，大吼了一声，把阿拉丁吓得差点晕过去。

“你这个忘恩负义的家伙！”神怪骂道，“我这样忠心耿耿为你服务，你还不知足，竟然让我去拿我们王后的蛋。你难道不知道我们精灵都尊敬、崇拜神鹰吗？指天发誓，要是这个主意是你出的，我非马上杀了你，烧了你的宫殿不可！不过我知道，那个真正作孽的是上次你杀死的那个非洲魔法师的同胞哥哥。他为了替弟弟报仇，才设下了这个圈套，要置你于死地。”

阿拉丁忙问这个非洲魔法师的哥哥是什么人，神怪便将真相告诉了他。阿拉丁很感谢神怪的帮助，请它原谅自己。神怪接受了他的道歉，悄然退去。

过了一会儿，阿拉丁装着头痛难忍的样子，来到布都尔公主面前。公主一见丈夫身体不舒服，便让女仆去请道姑法帖梅来给他治病。大魔法师伪装的道姑法帖梅应声前来，他走到阿拉丁身边，将手放在他的手上，假装为他祈祷祝福。说时迟，那时快，阿拉丁一跃而起，将大魔法师按倒在地上，然后从腰间掏出一把锋利的匕首，一刀刺进大魔法师的胸膛，当场结果了他的性命。

布都尔公主被阿拉丁的举动吓坏了，高声尖叫道：“天哪！你怎么敢杀害道姑法帖梅？她可是一个大好人啊！”

“不，你弄错了。”阿拉丁微笑着答道，然后将整个真相一口气讲给公主听。说完，他上前一把扯下道姑法帖梅的面纱。布都尔公主定睛一看，原来躺在地上的不是法帖梅，而是一个陌生的男子。她恍然大悟，感谢老天让他俩及时地从这个恶棍的魔掌中解脱出来。

阿拉丁一连战胜了两个险恶的敌人，和公主一起过上了幸福的生活。两年后，老皇帝去世，阿拉丁继承了王位。他廉洁公正，宽厚仁慈，深受老百姓的尊敬和爱戴。在他的领导下，王国日益强盛起来，老百姓安居乐业，迎来了一个太平盛世。

脚夫和三个姑娘

从前，巴格达城里住着一个脚夫，是个光棍汉。

一天，脚夫来到市场，靠着他的筐子站在那里。这时，有位姑娘站在了他面前。只见这姑娘身披一件绣金的丝制披纱，边上还绣着流苏。姑娘掀开面纱，露出一双黑亮的眸子，有着漂亮的双眼皮、长而弯曲的眉毛。她亭亭玉立，婀娜多姿，美得让人目眩。姑娘甜甜地对脚夫说："拿起筐子，跟我走吧！"

听完这话，脚夫简直不敢相信自己的耳朵，一把抓起筐子，就跟着那姑娘走了，一直走到一户人家门前。姑娘停住脚，敲敲门。过了一会儿，一个基督徒走了出来。她递给那人一个第纳尔，买了一些橄榄，放到筐子里，对脚夫说："顶起筐子，跟我走！"

脚夫心想："今天可真是个吉利的日子！"

脚夫又顶起筐子，跟着那姑娘走。姑娘又在一家花果店门前停下。她买了些沙姆苹果、奥斯曼榅桲、阿曼桃子、阿勒颇茉莉、大马士革睡莲，还有尼罗河黄瓜、埃及柠檬、哈奈椰枣、白头翁、紫罗兰,并把它们都放进了筐子。姑娘又说:"顶上筐子走吧!"

脚夫头顶着筐,跟着姑娘走。来到一家肉铺,姑娘对老板说:"给我来十磅肉!"

肉铺老板给她称好,用芭蕉叶包上。姑娘把肉放进筐子里,对脚夫说:"脚夫,把筐子顶上!"

脚夫顶起筐,跟着姑娘走到一家干果铺。她买了一些干果,对脚夫说:"顶起筐,跟我走!"

脚夫头顶着筐,跟着姑娘走到一家糕点铺。她又买了一些排叉、酥饼、馓子、柠檬饼、炸酥条、炸丸子等各种糕点,装了整整一大盘子,她又把糕点放进筐里。脚夫见姑娘买了这么多东西,说道:"我要早知道你买这么多东西,就牵着骡子来了,好让它驮着。"

姑娘笑了笑,拍拍脚夫的肩膀,对他说:"你就快点儿走吧!完事少不了你的钱!"

脚夫又跟着姑娘走到香料店。她又买了玫瑰香水、花露水等,还买了些糖和一个用来喷香水的瓶子,这还不算完,她又买了乳香、沉香、龙涎香、麝香和亚历山大蜡烛。她把这些东西又统统放进了筐里,对脚夫说:"顶起筐跟我走!"

脚夫便顶起筐跟着她走,来到一座美轮美奂的房子前。这房子高大雄伟,房前有一个宽敞的庭院,两扇大门是乌木包金的,甚是奢华。那姑娘站在门前,掀起面纱,轻轻地敲门。不一会儿,门扉敞开,脚夫便去看那开门的人。只见是个身材苗条、相貌俊美的姑娘,她的额头如新月般光洁,双眸恰似羚羊的眼睛,眉毛像斋月里的弯月,香腮像那银莲花,小嘴像所罗门的戒指,面庞像初升的圆月。脚夫见了这姑娘,魂儿都丢了,筐子差点从头上掉下来。他心想:"我这辈子也没有过哪一天像今天这样有福啊!"

看门的姑娘对采买姑娘和脚夫说:"欢迎你们!"

三人便一同进去,来到一个华丽的大厅,里面有拱廊、亭台,四周摆着石凳、壁橱、帷帐,大厅的中央有张雪花石做的床,上面镶着各种珠宝,床上挂着红缎做的蚊帐。只见帐子里端坐着一位绝色佳人。她身材窈窕,漂亮的脸蛋让耀眼的太阳都黯然失色。她像天空闪闪发光的星辰,又像阿拉伯的大家闺秀。

这第三位姑娘从床上起身下地,走了几步,来到大厅中央她的两个姐妹身旁,说道:"你们还傻站着干吗?还不赶快把东西从这可怜的脚夫身上拿下来!"

于是,那采买姑娘在前面,看门姑娘在后面,第三位姑娘在边上帮忙,把筐子从脚夫头上卸了下来,然后她们把筐里的东西取出来,把每样东西都放置好。她们给了脚夫两个第纳尔,对他说:"脚夫,你可以走了。"

脚夫盯着姑娘们看,她们那么美丽,又那么和善,他从来没见过比她们还好的女人,但是她们这里却没有男人的踪影。他看见她们这里的吃的、喝的、香水等等,惊得目瞪口呆,心中惊羡不已。他呆呆地站在那里,迟迟不肯离去。

那第三位姑娘见状便问他:“你怎么不走呀?是不是嫌给的钱少了?”

她回头看看她姐姐。姐姐对她说:“再给他加一个第纳尔!”

脚夫忙说:“小姐们,对安拉起誓,我哪里嫌钱少呀!你们已经付出双倍的脚钱。但我的心总是放不下你们,我心想:你们三个女子,孤孤单单,没有男人,无人慰藉你们的孤独心灵。你们知道烛台也要四只脚才能站住,可你们没有这第四个人。要知道女人有了男人才会幸福完美。”

脚夫接着说:“你们需要的这第四个人,应是个聪明成熟、严守秘密的男人。”

姑娘们听了脚夫一席话,认为有理,说道:“我们三个弱女子,不能不担心把自己托付给一个靠不住的人。我们把秘密告诉他,他若不能守口如瓶,我们就遭殃了。”

脚夫听了这话,忙说:“我以自己的生命起誓,我这个人既诚实可靠又知书达理,我博览群书,研读历史,为人宣扬善行,又替人掩盖丑行。”

姑娘们听了脚夫的话,对他说:“你要知道,我们住在这里要花一大笔钱,你有什么可以报答我们吗?你要是想和我们在一起,就得付一笔钱。我们可不让你白白在这里享受,欣赏我们俊美的脸蛋儿!”

房主姑娘说:“我们让你住在这儿,只有一个条件:你必须彬彬有礼，缄默沉静，不要问与你无关的事，否则别怪我们揍你，把你赶出去！”

脚夫说道：“我有脑袋和眼睛便知足了，就当我的舌头没了吧！”

采买的姑娘站起来，系上围裙，摆好杯子，调好了酒，在水池旁铺上席子，拿来所有需要的东西，端上酒。她和她的姐妹坐下来，脚夫坐在她们当中，他恍恍惚惚，仿佛在梦里。

采买姑娘拿起酒杯，斟上一杯酒，自己饮下，接着又喝了第二杯、第三杯……随后她又斟满一杯酒，端给她的姐妹，又斟了一杯酒，递给脚夫。

脚夫接过酒杯，一饮而尽。姑娘又给他倒了一杯，他又一饮而尽。

几个人喝得尽兴，拥抱在一起，开怀大笑，好不开心。他们接着畅饮，直至夜幕降临。姑娘们对脚夫说：“你该走了！”

脚夫哪想离开，忙说：“对安拉起誓，让我离开你们这儿，不如要了我的命！就让我们玩个通宵达旦，明天一早再各干各的事吧！”

采买姑娘说：“凭我的生命起誓，你们就留他在此过夜吧，让他给我们带来欢乐。他这人放荡不羁，幽默滑稽，很是好玩。”

姑娘们对他说：“你可以在此过夜，但有个条件：你必须服从我们，无论你看到什么，都不许发问，更不得究其原因！”

“是!”脚夫斩钉截铁地回答。

“你站起来,看看门上写的字!”姑娘们说道。

脚夫站起来,走到门跟前,看见门上有一行用金水写的字:“莫谈与你无关之事,否则将听到逆耳之词。”

脚夫便说:“你们尽可放心,看我的行动,我决不谈与我无关的事。”

采买姑娘站起来,给大家弄了点儿吃的,几人便接着吃喝玩乐,又点上蜡烛和沉香,坐下来一边吃喝,一边畅谈。

他们正在兴头上,忽听得有人敲门,他们并未显得心慌。其中一个姑娘走到门口,片刻后又回来,说道:“今夜我们把酒言欢,甚是尽兴,但只能到此为止了,因为我看到门外有三个异乡人,胡子刮得光光的,还都是独眼龙,更巧的是还都瞎了左眼,这真是无巧不成书啊!他们都是外乡人,来自罗马的领土,每人都有副滑稽的相貌,令人忍俊不禁。如果让他们进来,一定会让我们笑个够。”

那姑娘对她的姐妹好言好语地央求,直到她们俩说:“那就让他们进来吧!但有个条件,绝不许他们谈论与己无关的事,免得他们听到逆耳之词。”

那姑娘听罢这话当然高兴,跑去开门。不一会儿,她便把那三个独眼人带来了,更怪的是这三人下巴上的胡子刮得干干净净,而嘴上面的胡子却修得整整齐齐。这三人都是流浪汉。他们上前致意,三位姑娘起身还礼,并请他们坐下。

三个流浪汉看看脚夫，发现他已喝得酩酊大醉。他们又仔细端详脚夫，觉得他跟他们本属同类，都是流浪汉，便说："他和我们一样，同是流浪汉，这使我们感到一些安慰。"

脚夫听了这话，腾地站起来，瞪了他们一眼，对他们说："坐下吧！少管闲事！难道你们没看见门上写的字吗？"

姑娘们抿口笑着，互相窃窃私语："这三个流浪汉，再加上脚夫，都是活宝，这回可有的乐了！"

姑娘们给三个流浪汉拿来吃的，这三个家伙吃了个够，接着坐下来喝酒，看门姑娘为他们斟酒。他们觥筹交错，喝得天昏地暗。这时脚夫对他们说："弟兄们，你们可有珍闻逸事讲来让大家开开心吗？"

三个流浪汉喝到兴头上，浑身发热，向姑娘们要乐器。看门姑娘拿来摩苏尔鼓、伊拉克四弦琴和波斯铙。三人便站起来，每人拿了一样乐器，开始演奏，姑娘们则和着音乐，引吭高歌。一时间，大厅里歌声高亢，好不热闹。

他们正尽情欢乐，忽然有人敲门，看门姑娘便起身去看个究竟。

原来那一夜哈里法哈伦·拉希德带着宰相贾法尔和刀斧手马斯鲁尔，微服私访，暗察民情。这位哈里法还是按他的习惯，乔装打扮成商人。那夜他们出了宫，在城里巡视，路过这栋房子，听见里面鼓乐齐鸣，哈里法便对宰相贾法尔说："我想进去看看是什么人在里面狂欢。”

贾法尔忙说：“这些人已经喝得酩酊大醉，我们如若进去，可能会受其伤害。”

“我们一定要进去。你想个法子，让我们进去瞧瞧。”

“遵命！”

贾法尔上前叩门，那看门姑娘便出来，把门打开。

贾法尔对她说：“小姐，我们是太白列来的商人，到巴格达已有十天，我们带着货来，就住在商贾客栈。今晚有位商人宴请我们，我们吃罢饭，又聊了一会儿，才告辞出来。我们是外乡人，黑灯瞎火，不辨方向，竟迷了路，怎么也找不到回客栈的路了。因此，求你们开恩，留我们在府上借宿一夜，定当重谢。”

看门姑娘往他们身上瞧了瞧，发现他们确是商人模样，神情端庄严肃。她便回去同两姐妹商量，她们俩说：“就让他们进来吧！”

看门姑娘回去，打开门，哈里法向她问道：“能允许我们进去吗？”

“你们进来吧！”

哈里法便和贾法尔、马斯鲁尔一道进去。姑娘们看见他们，起身为他们忙活，并说：“欢迎贵客光临！但我们有条规矩：不要谈论不关你们的事，否则你们会听到逆耳之词。”

“是！”客人们回答说。

大家坐在一起，饮酒畅谈。哈里法看看三个流浪汉，发现他们都是独眼龙,瞎的还都是左眼,觉得很奇怪。他又看看那三位姑娘,却个个如花似玉,便非常不解,很是困惑。

大家接着谈天说地。她们给哈里法端上酒,他婉拒了,说:"我是哈吉。"

于是,哈里法离开他们。看门姑娘铺上一块绣花台布,拿来一个瓷杯,放在台布上,给哈里法倒了杯果汁,又加了冰块和糖。哈里法表示感谢,心想:明天我一定重赏她对我的款待。

大家边聊天边饮酒,都有些醉了。房主姑娘起身为客人张罗,然后拉着采买姑娘的手:"妹妹,你跟我来!算算咱们的账吧。"

"好吧!"采买姑娘答道。

随后,看门姑娘站起身,把大厅中央那块地方腾空,让流浪汉们站在门后,唤来脚夫,对他说:"你怎么这样不够意思?你现在不是客人,而是主人。"脚夫问道:"有何吩咐?"

"站在那儿别动!"姑娘们说。

采买姑娘站起来,对脚夫说:"那你来帮我个忙!"

脚夫看见两只黑狗,脖子上拴着铁链子,他把狗牵到大厅中央。房主姑娘站起来,挽起袖子,拿起一根鞭子,对脚夫说:"牵一只狗过来!"

脚夫便拉着链子把狗牵过去,只见那狗把头转向姑娘,哭了起来。姑娘扬起鞭子猛抽狗头,狗不断发出惨烈的叫声。姑娘打得胳膊都累了,才扔下鞭子,然后把狗揽入怀中,擦干狗的眼泪,亲吻狗的头。接着她对脚夫说:“把这只狗牵回去,把那只狗牵来!”

脚夫便把那只狗牵了过来,那姑娘一如上次,痛打了狗,打完又是擦又是吻。

哈里法见状心神不定,感到压抑,他向贾法尔使了个眼色,让他问问那姑娘是何原因。宰相打了个手势,告诉他不要吭声。

房主姑娘转向看门姑娘,对她说:“去干你的事吧!”

“是!”看门姑娘回答。

房主姑娘上了那镶金嵌银的雪花石床,对看门姑娘和采买姑娘说:“把你们俩的东西拿过来!”

看门姑娘也上了床,坐在房主姑娘旁边。采买姑娘则走进一间密室,取出一个边上绣着绿色流苏的缎袋,站在房主姑娘跟前。她掸掸袋子上的尘土,从袋里取出一把四弦琴,一边弹,一边唱。

看门姑娘听她唱罢,说道:“安拉使你安好,你唱得太好了!”

说罢她便撕破衣服,昏倒在地。当她的肌肤裸露在外时,哈里法看见她身上伤痕累累,大为惊奇。

采买姑娘站起身,往看门姑娘脸上洒了些水,又拿来衣服,给她穿上。

哈里法见状对贾法尔说:“你看这姑娘身上伤痕累累,这件事甚是离奇,我不能不管不问。我一定要弄清这位姑娘和两只狗的情况,否则我安不下心。”

贾法尔说:“陛下,她们已经给我们提出了一个条件,让我们不要谈论与我们无关的事,否则我们将听到逆耳之词。”

采买姑娘又站起来,把琴抱在怀中,玉指拨弄琴弦,吟唱起来。

看门姑娘听罢吟唱,又像刚才那样,撕破衣服,大叫一声,昏倒在地。采买姑娘往她脸上洒了点水,又拿来衣服,给她穿上。

看门姑娘站起身,坐到床上,对采买姑娘说:“你再为我吟唱一首吧！就剩这最后一首了。”

采买姑娘调好琴,吟唱起来。

看门姑娘听罢,撕破衣服,大叫一声,昏倒在地,当她的肌肤露出来时,与前两次一样,身上伤痕累累。

看罢,流浪汉们说道:“我们要是不来这户人家就好了！还不如在草垛上睡一宿呢！在这里过夜,弄得人心神不安。”

哈里法看看他们,说道:“那是为什么呢?”

“我们已被这事弄得心烦意乱。”

“你们不是这家的人?”

“不是。你们那边可能是这里的人。”

脚夫忙说:“凭安拉起誓,我也是今夜才见到这地方。早知如此,我还不如在草垛上睡一宿,到这鬼地方过夜做甚!”

几个人都说:“我们七个男子汉,她们只是三个弱女子,连第四个都没有,我们不如问问她们到底是怎么回事,如果她们不愿回答,我们就强迫她们说出来。”

大家达成一致。贾法尔说道:“这是下策。我们在她们这儿做客,她们给我们定了规矩,我们就该遵守才是。再说,天也快亮了,到时咱们各走各的路就是了。”

然后,他对哈里法使了个眼色,说:“只剩一个时辰了,明天您可以当面审问她们。”

哈里法拒绝了宰相的建议,说道:“我已经忍耐不住了,想快点知道她们的情况。”

几个人七嘴八舌,莫衷一是。大家问:“谁去问姑娘们呢?”

“让脚夫去问好了。”有人说。

姑娘们见他们嘁嘁喳喳地说个没完,就问他们:“男人们,你们说什么呢?”

脚夫便起身走到房主姑娘跟前,对她说:“小姐,我对安拉起誓,看在安拉的面上,你能把两只狗的情况告诉我们吗?你为何打那两只狗,又为何哭泣,并亲吻它们呢?还请你告诉我们,你的那个姐妹为什么惨遭鞭打呢?这就是我们的问题,完了。”

房主姑娘问大家:“他说的是你们要问的吗?”

大家都说:“对!”

只有贾法尔没吭声,沉默不语。

房主姑娘听完他们的话,说道:“客人们,凭安拉起誓,你们确已伤害了我们。你们刚到,我们就向你们提了一个条件:不谈与己无关之事,免得听到逆耳之词。我们不但让你们进家,还让你们好吃好喝。过错不在你们,而在那些把你们送到这里的人。”

说罢,她挽起袖子,朝地上跺了三下,喊道:“来人哪!”

话音刚落,一个密室的门开了,从里面走出七个奴仆,个个凶神恶煞般,手握出鞘的宝剑。

“把这些多嘴多舌的人给我反绑起来,再把他们捆在一起!”姑娘厉声喝道。

奴仆们三下五除二,把他们统统绑了起来,说:“小姐,请下令,让我们把这些家伙的脑袋都砍下来吧!”

“慢着!再给他们一个时辰的活头,我先问问他们的来头,再要他们的命也不迟。”

脚夫哀求道:“小姐,看在安拉的面上,别因为别人的罪过而杀了我呀!他们每个人都有罪,只有我是无辜的。凭安拉起誓,要不是这些流浪汉闯到府上,今宵将是一个多么美好的夜晚啊!这群流浪汉若到了一个好好的城市,也会把它毁了的。”

脚夫说罢,又吟起诗来。

房主姑娘听了脚夫吟的诗,笑起来,走到他们跟前,说道:“说说你们的来历吧!再过一个时辰,你们的寿限就到了,你们如若不是什么达官贵人,我就让你们早点遭报应。”

哈里法赶紧对贾法尔说:“该死的贾法尔!还不赶快告诉她咱们是谁,否则她真的会对咱们下毒手的!”

贾法尔说:“那也是罪有应得。”

哈里法急了:“都什么时候了,你还开玩笑!开玩笑有开玩笑的时候，严肃有严肃的时候，这两者不可相混。”

这时那姑娘走到那些流浪汉跟前，问他们：“你们是兄弟吗？”

“不是。凭安拉起誓，我们只是些来自异乡的穷苦人。”

她又问他们中的一个：“你生来就是个独眼龙吗？”

“不是。凭安拉起誓，我是在经历了一桩怪事之后，才瞎了这只眼的。这事儿里有段传奇故事，若记载下来，也足以让人引以为戒了。”

那姑娘又问了另外两个流浪汉，他们的回答同第一个人的回答一模一样。

然后他们三人说：“我们三人来自不同的地方，我们每人都有一个离奇的故事，一段传奇的经历。”

那姑娘看了看他们，说道：“你们都讲讲自己的故事，和你们怎样来到这里的，然后摸摸自己的脑袋，各走各的路好了。”

脚夫听了这话，抢先上前，说道：“小姐，我是个脚夫，是这个采买姑娘雇我给她扛东西，先带我到了卖橄榄的人家，又到了花果店，接着去了肉铺、干果铺、糕点铺，最后还去了香料店，就这样她把我带到了这儿。至于我到这儿以后发生的事，你们都在场，再清楚不过了。我要说的就这些，完了。”

那姑娘听了脚夫的话，忍不住笑起来，对他说：“你摸着你的脑袋，走吧！”

脚夫说：“我可不想走，我还想听听这些人的故事呢！”

第一个流浪汉走上前，说道："小姐，说起我剃掉胡子、一只眼失明的原因，话就长了。"

过错与报应

我的父亲是一位国王，他有个同胞兄弟，是另一个城邦的国王。巧的是在我母亲生我的那天，我的叔父也喜得一子。光阴流转，许多年过去，我们都已长大成人。有几年，我常去看望叔父，在他那儿一住就是好几个月。一次，我又去了叔父那儿，我那同龄的堂弟盛情款待我，宰羊备酒，甚是隆重，我们坐下来畅饮叙谈。当喝得醉意蒙眬的时候，我那堂弟对我说："堂兄，我有要事相求，望你不要阻挠我欲做之事。"

"我当鼎力相助。"我爽快地回答。

他确信我的诚意，站起身，离开片刻。回来时，他身后跟了一位女子，她浓妆艳抹，身上带着价值不菲的饰物。他回头看看那女子，对我说："你带着这女子，先到某某家的坟地去。"

他把那地方给我描述了一番，我弄清楚后，他对我说："你带着她到那里等我。"

因为事先有约，我不好食言，也不好问什么。就这样，我带着那女子，走到那家的坟地。

我们刚坐稳，堂弟就来了，带了一桶水、一袋石灰、一把镘头。

他拿着镢头，来到坟地中央的一座坟前，用镢头把坟刨开，将石头堆在一旁，又接着往地下刨，直到露出一个盖子，盖子底下是拱形的阶梯。他示意那女子，对她说："按照你的选择，过去吧！"

那女子便顺着阶梯下去了。堂弟看看我，对我说："堂兄，行善当圆满，等我下去后，你把这盖子盖上，把土填回，让它恢复原样，这样你的善事便做完了。袋子里是石灰，桶里有水，你把灰调好，把石头摆好，用石灰砌上，让它跟以前完全一样，谁都看不出有人挖过。这件事我谋划了整整一年，除了安拉，无人知晓，这就是我求你办的事。"

堂弟沉默片刻，接着说："愿安拉解除我对你的思念之苦。"

说罢，他便顺着阶梯下去了。等他离开我的视线，我便把盖子放回，按他嘱咐我的那样干起来。直到那冢恢复原状，我才返回叔父的宫殿。

那天，我叔父外出打猎。我回去后便睡了。第二天早上醒来，我回想昨天晚上的事，以及我和堂弟间发生的一切，非常后悔，但这时候后悔已没有用了。

我便又去了那片坟地，在里面转来转去，寻找那座坟冢，但我已辨认不出了。我一直找到天黑，也没找到。返回宫中，我不思茶饭，担心我那堂弟，不知他情况如何。那一夜，我辗转反侧，不能成寐，陷入无尽的忧愁之中。

天亮之后，我再次来到那片坟地，想起堂弟做的事，我后悔不该听他的。我找遍了整个坟地,还是没找到那座坟冢。

我不死心,接下来的七天,我还是继续找,最终还是没找到。我更加忧郁,几乎要疯了。我毫无办法,只得返回了父王的城邦。

当我回到父王的城邦时,把守城门的一群士兵便扑上来,将我绑起来。我大惊失色,因为我是王子,他们都是父王的奴仆,怎敢对我如此无礼?他们使我非常担心:父王到底出了什么事?

我便问那些捆绑我的人到底出了什么事,没人回答我。过了一会儿,一个原先伺候我的奴仆对我说:"你的父亲时运不济,军队叛变,宰相将他杀害。我们在此等候捉拿你。"

听到父亲蒙难的噩耗,我当即昏迷过去。他们将我带到杀害我父亲的那个宰相面前。我与那宰相素有冤仇。这是因为我喜好玩弹弓。一天,我站在我的宫殿的平台上,忽然看见一只鸟落在宰相府的屋顶上,我便去打那只鸟。谁承想,没击中鸟,却击中了那宰相的一只眼睛。命运使然,我夺去了他的一只眼睛。

事已如此,那宰相当然不敢拿我问罪,因为我是国王的儿子。这便是我和那宰相间的宿怨。

我被绑得结结实实,押到宰相面前,宰相下令处我极刑。我忙申辩:"我何罪之有?你为何无端处死我?"

他指着自己失明的那只眼睛,怒气冲冲地说:"还有什么罪过比这更大吗?"

"我不过是误伤了你的眼睛而已!"我申辩道。

“如果你是无意的,那我这样做就是有意的!”

宰相厉声喝道:“把他带过来!”

我便被带到宰相跟前,这凶狠的家伙竟将手指戳入我的眼睛,把它生生地弄瞎了。从那时起,我就成了如你们现在看到的独眼人。

之后,他们把我捆得更结实,把我塞到一只箱子里。宰相对刽子手说:“把他带到城外,杀了他,喂野兽!”

刽子手把我带出城,把我从箱子里拉出来,我的手脚被捆着,动弹不得。刽子手想蒙上我的眼睛再杀我。我行将踏上不归路,不禁悲从中来,失声痛哭,边哭边吟起了诗。

那刽子手原是我父亲的手下,我父亲曾给过他许多恩惠。他听了我吟的诗,说道:“王子啊,我不过是个听命于主子的奴才,有什么办法呢?”

他沉思片刻,然后说道:“赶快逃命吧!从今往后再不要回到此地,否则不但你会被杀掉,我也会遭灭顶之灾。”

我感激万分,吻了吻这好心人的手。我确信自己已经得救,便踏上了逃亡之路。就这样,我失去了一只眼睛,逃过一劫。

我一路颠沛流离,终于来到叔父的城邦。见到他,我把父王的遭遇,以及我被戳瞎一只眼的惨事讲给他。叔父听罢失声痛哭,说道:“你真是让我愁上加愁啊!你的堂兄已失踪多日,音信全无,真不知道他到底出了什么事,没有一个人知道他的消息。”

说罢，叔父哭得更加伤心，竟昏厥过去。等他苏醒过来，他对我说："孩子，你堂弟失踪使我悲伤不已，你和你父亲的遭遇，更加重了我的悲伤。不过，你虽失去了一只眼睛，但保全了性命，这真是不幸中的万幸啊！"

我无法将堂弟的事埋在心底，他是我叔父的亲生儿子啊！于是我把事情的来龙去脉讲给了叔父。

叔父听完，大喜过望，说道："赶快带我去那坟地！"

我对他说："凭安拉起誓，我真的认不出那座坟了。我曾多次前去寻找，均无功而返。"

之后，我同叔父一道去了那片坟地。我到处寻找，仔细辨认，终于找到了那座坟，我和叔父都高兴极了。我和叔父来到坟前，把土铲掉，掀去盖子，顺着阶梯走下去。我们走完五十级台阶，才走到最后一级。这时一股浓烟扑面而来，熏得我们睁不开眼。叔父便说："别无他法，只靠伟大的安拉。"

我们接着走，忽然看见面前出现了一个大厅，里面堆满了面粉、粮食和其他食品与什物。我们看见大厅中间有张床，床上垂着帘子。叔父往床上一看，只见自己的儿子和与他一同进去的女子正相拥而眠。仔细一看，发现两人均已化作黑炭，就像在烈火上灼烧过一样。

叔父看到这一幕，呸的一声往他儿子脸上吐了口唾沫，狠狠地说："无耻的东西，你这是咎由自取，罪有应得！这是今世的折磨，后世的折磨将更加残酷,永无尽头!”

叔父脱下靴子,狠命地抽打他那已化作黑炭的儿子。我惊奇不已,为堂弟和那女子感到深深的悲哀,世事沧桑,两个活生生的生命竟化作了黑炭。我看不过叔父这样无情无义,说道:“叔父,看在安拉的面上,莫要悲伤。我看到弟弟和这女子已化作黑炭,心如刀绞,你为何还要用靴子打他呢?”

叔父说道:“我的侄儿,你有所不知。我这不争气的儿子自小就鬼迷心窍,竟爱上了他的妹妹。我不许他这样,禁止他们俩接触,我也没当回事,心想两人还都是孩子。可事情到这儿并没完,他们俩长大成人,竟干出了丑事。我刚听说时还有点不信,但还是斥责了他,对他说:‘你可不能干出这等丑事啊!这种事前无先例,以后也不会有人犯此禁忌。否则,我们的王室将蒙受耻辱,到死也无法弥补这缺憾,我们将臭名远扬。我决不许你干出此等丑事,否则我杀了你。’自此,我把他们俩隔离开来。可你那个堕落的堂妹狂热地爱着我那个不成器的儿子,简直着了魔。他看到我隔离他的心上人,就煞费苦心,在地下挖了这么个地方,又运来吃的,这你都看见了。他们俩趁我外出打猎之机,偷偷来到这里。伟大的安拉当然不容此等丑事,将这二人用火烧了,后世的报应将比这更严重,永无尽头!”

说完他忍不住哭了,我也跟着落泪。他对我说:“孩子,他已死去,从今往后,你就取代他做我的儿子吧!”

这一刻，我心绪纷乱，人世间的种种烦忧让我茫然无助，不知所措。我想起这些日子发生的事情，不寒而栗：为篡王位，宰相弑君，下毒手戳瞎我一只眼睛，还有我堂弟身上发生的种种怪事。我想到这里，不觉泪已成行。

之后，我们顺着楼梯爬上来，把盖子重新盖上，堆上土，便返回宫中。

回到宫中，刚刚坐稳，便听见外面一片嘈杂，鼓号齐鸣，马蹄声、叫喊声乱作一团。我们茫然不知所措，不知发生了什么事情。国王差人探问，有人禀报："你兄长的宰相弑君夺位，又纠集大军，突然向我们发难。城中军民毫无准备，抵挡不住来犯之兵，只得放弃抵抗，束手就擒。"

我心想：我可不能落入这逆臣手中，否则必死无疑。这时，种种悲伤涌上心头，想起父王和母后均已罹难，我真不知如何是好。我若这样出去，父王城邦里的人和他手下的将士一定能认出我，将我杀掉。我若想逃命，只能剃掉胡子。于是我剃掉胡子，换了身衣服，逃离叔父的城邦，准备自此亡命天涯。我朝这个城市走来，希望在这里遇上个人，将我引见给信士们的首领，向他讲述我的经历和遭遇。我于今晚来到这个城市，我站在苍凉的暮色中，茫然四顾，不知路在何方。忽然遇见了这个流浪汉，我上前向他问好，告诉他，我是个异乡人。他说："我也是异乡人。"

正在这时，我们的第三个伙伴走过来，向我们问好，他说："我是异乡人。”

我们俩告诉他，我们也是异乡人，就这样，三个浪迹天涯的异乡客便一同上路了。夜的黑幕渐渐将我们吞噬，我们无处藏身，便来到了这里。是命运带我们到了这里。这就是我剃掉胡须，失去一只眼睛的原委。

房主姑娘听罢，说道：“摸着你的脑袋，走吧！”

第一个流浪汉说：“我不走，我想听听别人的故事。”

众人对他的故事莫不感到惊奇。哈里法对贾法尔说：“凭安拉起誓，像这流浪汉这样的传奇经历，我还是头回听说。”

第二个流浪汉走上前来，行了吻地礼，开始讲他的故事。

第二个流浪汉的故事

小姐，我并非生来就是独眼。我也有段传奇的故事，足以让后人引以为戒。

我本是王子，自幼习读《古兰经》，掌握《古兰经》的七种读法。我博览群书，向多位学界泰斗求教，学习星相学、诗韵学，还潜心钻研多门学科，这最终使我卓然超群，成了当时的学问大家。一时间，我的美名远播异邦，为许多国王所知。

印度国王知道了我，专门派使者前来，求我父王派我去印度讲学，还带来了许多适于馈赠帝王的礼物和珍宝。我父王便为我备好六艘船,我带着侍从就启程了。我们在海上航行了整整一个月,才到达陆地。我们卸下船上的马匹,用十峰骆驼驮起礼品。我们走了不多时,突见前方尘土飞扬,铺天盖地,将驼队笼罩住,对面闻声不见人。这样持续了一个时辰,烟尘散去,出现了六十名骑士。他们个个身强力壮,如狼似狮,身着铁制铠甲。我们仔细一看,发现他们是一伙贝都因强盗。他们见我们人少势弱,又带着满满十驼准备献给印度国王的礼品,便举矛向我们刺来。我们向他们打了个手势,对他们说:"我们是使臣,前去觐见尊贵的印度国王,你们不要伤害我们。"

他们说:"我们不是他的子民,不受他的统治。"

接着,他们便大开杀戒,杀了我的不少随从,其余的随从见势不妙,都逃之夭夭了。我身受重伤,那些贝都因强盗只顾抢我们的钱财和礼物,没顾上我。我便强忍疼痛,匆忙逃跑。我本出身高贵,却遭此凌辱,一时间不知何去何从。我终于走到一个山头,钻进一个山洞,在里面躲着,直到天亮。

我离开山洞,行至一座富裕繁华的城市。冬天已带着寒意离去,春天正迈着轻盈的脚步,带着玫瑰的芬芳,降临人间。我很高兴来到这里。我走得筋疲力尽,愁容满面,憔悴不堪。我昨日的风光不再,此时此刻,不知去向何方。

我走进一家裁缝店。我向裁缝问过好。他还了礼,欢迎我的到来,还询问我的情况,问我为何流落他乡。我便把我的经历原原本本地告诉了他。他为我的遭遇感到难过，说道："年轻人，你千万莫把你的身世告诉他人，我很为你担心。因为这座城邦的国王是你父亲最大的敌人，他正寻机复仇呢！"

说罢，裁缝拿来吃的喝的，我们两个便一同吃喝，接着又叙谈至深夜。他在店铺中腾出一角，拿来铺盖，让我住下。我在他那里住了三天后，他问我："你会什么谋生的手艺吗？"

"我是伊斯兰教法学家，能写文章，会算账。"我回答说。

"你的这本事在我们国家没有用。我们这儿的人不学无术，只知赚钱，哪里懂得什么学问？更别说写文章了。"

"除了我刚才提到的，我什么都不会。"

"那你就扎起腰带，拿着斧头和绳子，到野外砍柴去吧！先以此谋生，等待安拉救你于危难之中。记住，千万不要让别人知道你的身世，以免遭人暗算。"

之后，他给我买了一把斧子和一条绳子，让我和一些樵夫一起去砍柴，并把我托付给他们。

我和樵夫们一同出城砍柴，砍到柴，用绳子捆好，顶在头上回城卖掉，赚上半个第纳尔，除了糊口，还存下一些。

我就这样过了一年。一年后的一天，我照例去野外砍柴。到了野外，我看见一片林子，林中树上有很多柴。我走进去，走到一棵树下，便在树的四周刨开了。我正挖着土，觉得斧头碰上了一个铜环。我拨开土，看见这铜环连在一个木盖上。我揭开木盖，盖子下面露出阶梯。我便顺着阶梯走下去,看见一扇门。走进门,眼前出现一座精美绝伦的宫殿。我忽然看见里面有一位长得如花似玉的姑娘。看到她,我心中的忧愁、烦恼立刻荡然无存。我仔细端详她,心底不禁赞美造物主的无边大能,让这姑娘拥有这般俊俏的面容。这时,她看看我,问道:“你是人,还是妖?”

“我是人。”我答道。

“谁把你带到此地?我在此二十五年之久,从未见过一个人。”

我听着姑娘的话,觉得她的声音是那么甜美。我说:“小姐,是安拉把我送到府上的。安拉也许想借此消除我的烦恼和忧虑。”

随后,我把我的经历从头到尾讲给了姑娘,她听了非常难过,伤心地哭起来。她说:“我也把我的故事讲给你听。要知道,我本是檀香岛国国王之女。我嫁给了我的堂兄,就在新婚之夜,一个名叫杰尔吉里斯·本·拉哈姆斯·本·易卜利斯的魔鬼将我抢去,带着我飞到此地。他把我需要的首饰、衣物、布匹、食物、饮料统统运到这里。每隔十天,他便在这里过一夜。他向我许诺,不论白天还是黑夜,只要我需要什么,只需用手碰一下写在圆顶上的两行字,然后拿开手,他便会出现在我面前。他上回在这儿已是四天前了,再有六天他就又来了。你能否在这里住上三天,然后在他来的前一天离开?”

“好吧!”我回答说。

她见我答应了，非常高兴，站起来，拉着我的手，进了一座拱门，来到一间精美豪华的浴室。我一进浴室，便脱了衣服。她也脱了衣服，走进浴室，坐在一条长凳上，拉我同她坐在一起。她拿来麝香酒给我喝，又为我端来吃的，我们吃着聊着。过了一会儿，她对我说："你睡吧！你已经很累了，该歇歇了。"

我谢过她，倒头就睡，把发生的一切都忘得一干二净。

我醒来时，见她正为我按摩双腿，我便为她祈祷。我们坐起来，聊了一个时辰。随后，她说："凭安拉起誓，我独居地下，整整二十五年无人同我说话，我非常苦闷。感谢安拉将你派来，我终于又可以和人交谈了。"

她的情谊感动了我的心，驱散了我的忧愁与烦恼。我们坐下来畅饮，直到深夜，我同她度过了我平生不曾经历过的良宵。我问她："我想把你从这地下救出来，把魔鬼从你身边赶走，你以为如何？"

"你应知足，不要再说什么了。十天中我只有一天属于魔鬼，剩下的九天都属于你。"

此时，我已被这纯洁的爱情俘虏，说道："我现在就要摧毁这刻着字的圆顶，那可恶的魔鬼快来吧，我已决意要杀了他！"

姑娘听完我的话，吓得面如土色，害怕极了。

我朝圆顶狠狠地踹了一脚，这一踹不要紧，突然间，我觉得天昏地暗，接着是电闪雷鸣，大地都在颤抖。此时我醉意全无，忙问姑娘:“发生了什么?”

“魔鬼已经到来。我不是警告过你不要这样做吗?凭安拉起誓,这回你可害惨了我!你赶快自己逃命吧,赶快顺着来路逃出去!”

我实在太害怕,惊慌之中连鞋和斧头都忘了拿。我爬了两级台阶,回头一看,只见大地已裂开一道缝,从中钻出一个面目狰狞的魔鬼。魔鬼粗声粗气地说道:“你遭了什么灾,用得着这样打扰我?”

姑娘回答:“我没什么事,只不过心中烦闷,想喝口水缓缓。不料取饮料时,不小心碰到了圆顶。”

“别撒谎了,你这个臭婊子!”

他在宫殿里四下看看,看见了鞋和斧头,便对她厉声喝道:“这分明是人的东西!说!谁来过这儿?”

“我也是刚看见,没准儿是你刚才带进来的。”

“休得胡说!别想用谎言骗我!”

说罢,魔鬼扒光了姑娘的衣服,把她绑在桩子上,开始折磨她,用酷刑逼她招供。我实在不忍听到姑娘凄惨的哭声,便忍着心中巨大的悲痛,顺着阶梯往上爬。逃至地面,我把盖子盖好,用土掩埋,恢复成原状。我悔恨自己所做的一切,姑娘的容颜在我脑海中浮现。想着那可恶的魔鬼还在折磨着她那娇小的身体,她与魔鬼生活在一起整整二十五年,她遭此毒打,完全是因为我呀!这时,我想起死去的父王，和他落入贼臣手中的王国，又想到我落难当了樵夫的经过，不禁感慨世道艰难，人生坎坷。

我赶快回到我的伙伴——好心的裁缝那里，见他正心急如焚地等着我。他说："昨夜我一宿没合眼，怕你遇到了野兽或别的什么。感谢安拉，让你平安返回，我也就放心了。"

我谢过他对我的关心，回到我的小屋，开始回想经历的这些事情，骂自己不该踢那圆顶。这时我那裁缝朋友进来了，他对我说："店里有个外乡人等着见你，他拿着你的鞋和斧头。他已经带着两样东西找了裁缝们，对他们说：'我是在宣礼员唤晨礼时拾到这两样东西的。我不知道物主是谁，便想让你们带我找到他。'裁缝们把他带到这里。这不，现在他正坐在店里等你呢，还不赶快去谢谢他，拿你的斧头和鞋。"

我听了这话，脸色都变了，恐慌不已。正在这时，我脚下的地面突然裂开一道缝，那个外乡人从里面钻出来，我知道他便是那魔鬼。原来那魔鬼使出浑身解数折磨姑娘，但姑娘誓死不屈，魔鬼便拿起斧头和鞋，对她说："我既然是魔鬼杰尔吉里斯的后代，找到斧头和鞋的主人，又怎么难得了我！"

魔鬼便用此奸计，从裁缝们那里打听我的住处，找上门来。魔鬼没给我喘息之机，便把我掠去，飞到高空，忽高忽低，还不时钻入地下。我已失去知觉，不知自己身处何方。最后魔鬼把我带到了我到过的那座宫殿。我一进去，就看到了那可怜的姑娘，她赤身裸体，被打得皮开肉绽，鲜血直流。看到这一幕，我的眼泪夺眶而出。魔鬼举起那姑娘，凶神恶煞地问道："你说！这是不是你的情人？"

姑娘看看我，说道："我与他素不相识，只是现在才看见他。"

"你还不老实，难道受的罪还不够吗？"

"我从未见过他，安拉是不允许撒谎的。"

这狡诈的魔鬼又生一计，对姑娘说："好吧，既然你不认识他，那就拿着这把剑，把他的头砍下来！"

姑娘接过剑，向我走来，站在我面前。我扬扬眉毛给她使眼色，两行泪已流到了腮边。姑娘向我使眼色，悄声说："这都是你招来的祸害。"

我向她示意："你解救我的时候到了。"

姑娘明白了我的意思，把剑扔在一边，说道："我怎能随随便便杀一个与我素昧平生、无冤无仇的人呢？我的信仰也不许我这样做啊！"

她迟疑了片刻。那魔鬼说："你不愿杀他，又不肯招认，看来只有人才会互相同情啊。"

我看看魔鬼，说："魔鬼，你不懂这些！"

我又说："她是何人？我从未见过她，只是现在才看见她。"

魔鬼一计不成，又生一计，对我说："拿着这把剑，把她的头砍下来，之后我便放你走，决不为难你。"

"遵命！"

我拿起剑,冲上前去。当我举剑要砍的时候,姑娘用她的眉毛暗示我:“我可不曾亏待过你啊!”

我的双眼顿时流出了泪。我丢下剑,说:“威风的魔鬼,高明的英雄啊,既然一个心智不全、没有信仰的女人不肯杀我,我怎能杀她呢?我与她素不相识,即使我蒙冤而死,也不会干这等不仁不义之事。”

魔鬼说:“你们俩之间确有感情。”

这凶残的魔鬼挥剑将姑娘的一只手砍下,又把另一只也砍下,接着将她的右脚斩去,最后把左脚也斩去。魔鬼四剑下去,姑娘便失去了四肢。

我目睹这悲惨的一幕,确信自己必死无疑。姑娘给我使了个眼色,魔鬼看见了,喝道:“你还敢眉目传情!”

说罢,魔鬼挥剑砍下了姑娘的头。

魔鬼把头转向我,说:“人啊,依我们的法度,妻子养汉,应当处死。这个姑娘是我在她的新婚之夜抢过来的,当时她十二岁。除了我,她谁都不认得。我每隔十天,身着外乡人的服装,到这里过一夜。我知道她的确背叛了我,便要了她的命。至于你,我还不敢确定你是否背叛了我,但我也不能白白放过你,得让你尝点苦头。你说,你愿意受什么惩罚?”

听了这话,我高兴极了,开始对魔鬼抱有希望。我说:“我能向你要求什么呢?”

“你愿意让我用妖术把你变成什么样子呢？是狗，是驴，还是猴子？”

我觉得魔鬼会饶了我，就对他说：“凭安拉起誓，你若饶恕了我，安拉也会因为你宽恕了一个穆斯林而宽宥你。”

我苦苦哀求魔鬼：“魔鬼啊，你饶恕我吧，你应当像被嫉妒者宽恕嫉妒者那样宽恕我啊。”

魔鬼便问：“这又是怎么一回事？”

于是，我便给魔鬼讲了《嫉妒者与被嫉妒者》的故事。

相传，很久很久以前，在一座城中住着两个人，他俩是一墙之隔的邻居。但是，其中一个人非常嫉妒另一个人，这嫉妒心越来越重，厉害时嫉妒者甚至吃不香睡不着。可这被嫉妒者非但没有因为有人嫉妒他而受什么损害，日子反而过得一天比一天红火。嫉妒增加一分，被嫉妒者的光景便更上一层楼。嫉妒者看到这些，不用说，更红眼了。

被嫉妒者听说有人如此嫉妒他，为防不测，不得不背井离乡，举家迁往另一座城市。行前，他叹息道：“凭安拉起誓，若不是因为他，我说啥也不离开故土，远走他乡啊！”

这被嫉妒者到了新的城市，置下一片地，盖了房，就算安定下来。这片地里有一口老井，他便在边上建了一间小礼拜堂，每日虔诚拜主。就这样，他和一家人重新过起了富足安定的日子。

他的美名很快在那座城中传播开来，一时间，许多穷人纷纷前来投奔他。消息越传越远,终于传入了那嫉妒者的耳中。嫉妒者便来到小礼拜堂中,看望他的老邻居。那被嫉妒者不计前嫌,还是热情地欢迎了他的旧邻,好好地款待了他。嫉妒者对他说道:“老邻居,我大老远跑来看你,是来给你报喜的呀!来,跟我到礼拜堂外,我再仔细与你道来。”

被嫉妒者信以为真,就跟着他的老邻居走出礼拜堂。嫉妒者又对他说:“让那些穷人都走开,我给你说的是秘密,不能让外人听见。”

被嫉妒者便对那些穷人说:“你们先躲开一会儿。”

穷人们便散去。两人走着走着便到了那口枯井边,谁知那恶毒的嫉妒者竟趁被嫉妒者不备,将他推下了枯井。随后,嫉妒者扬长而去,以为被嫉妒者必死无疑。

谁知,那口枯井是天仙们的居所。被嫉妒者还没落到井底,天仙就接住了他,把他放在石头上。天仙们还议论说:“你们知道他是谁吗?”

众天仙回答:“不知道。”

“这就是为躲避嫉妒者而逃到我们这座城里来的那个人。他住下来后,专门修了一座小礼拜堂,每日拜主,赞美安拉,还常常诵读《古兰经》,这让我们非常欣慰。今天他那个嫉妒心很重的邻居来到这里,佯装来看他,实则想加害于他,设计把他推下了井。国王今夜已知晓他的事迹,明天为公主的事,国王要亲自来看他。”

有个天仙问道:“公主怎么了?”

“公主着了魔,要是早知道疗法,早就治好了。”

“什么药能治此病?”

“这个善良的人养了一只黑猫,尾巴上有块钱币大小的白斑。只要从那块斑上拔下七根白毛用火点燃,用烟雾熏那公主,她便可马上痊愈。”

那被嫉妒者把众天仙的话记在心里。

次日清晨,那被嫉妒者爬出老井,捉住那只黑猫,从尾巴的白斑处拔下七根白毛,准备送给公主治病。

太阳刚爬出地平线,国王便带着大臣和卫兵来到那被嫉妒者的家中。

被嫉妒者上前毕恭毕敬地迎接国王驾到,说道:“我能猜猜陛下为何大驾光临寒舍吗?”

国王说:“善良的信士,你猜吧。”

“陛下可派人把公主接来,若安拉愿意,我希望药到病除,使公主痊愈。”

国王听后大喜,忙派侍从把公主接来。

公主被侍从带到被嫉妒者的家里。他让公主坐下,用布把她蒙起来,然后拿出那七根毛,点燃后熏了熏公主。公主渐渐苏醒过来,病魔离开了她。公主恢复了理智,忙捂起脸,说:“这是怎么回事?是谁把我带到了这里?”

国王见女儿恢复了理智，大喜过望，吻了她的眼睛，又吻了被嫉妒者的手。

他转脸对朝中要员们说："你们说，这善良的信士治愈了我女儿的病，应得什么样的赏赐呢？"

大家纷纷说："应该将公主许配给他。"

"你们说得对！"

国王便把公主许配给了那被嫉妒者。时隔不久，宰相辞世。国王问大臣们："谁来接任大臣呢？"

"当然是你的女婿最合适不过了。"众大臣异口同声地说。

被嫉妒者便被封为宰相。没过多久，国王驾崩，大臣们说："我们拥谁继位呢？"

大家都说："应立宰相为国王。"

被嫉妒者便坐上了国王的宝座，自此成了一国之君。

一天，国王外出巡视，路上忽然看到那嫉妒者，便对大臣们说："你们把那个人带过来！"

那嫉妒者便被带到他的旧邻——现在的国王面前。国王说："从国库中提出一千第纳尔，并备二十驮货物，赏给此人，并派卫兵护送他回家。"

国王不计前嫌，善待他的仇敌的故事，一时传为佳话。

我讲完故事，对魔鬼说："魔鬼啊，你看看那被嫉妒者是如何宽宏大量，宽恕自己的仇人的吧！那嫉妒者开始只是嫉妒，后来又挖空心思地想害他，迫使他远走他乡。嫉妒者仍不善罢甘休，专门去谋害他，设计将他推入井中。尽管如此，被嫉妒者并没有以牙还牙，而是宽恕了他，并赐给他金钱和礼物。”

魔鬼听完故事，说道：“你别再说了！要么杀头，你可别害怕；要么宽恕你，你就别痴心妄想了；要么我对你施展妖术，别无选择。”

说罢，魔鬼撕裂大地，带我飞上天空。我在空中俯瞰整个世界，它是那么渺小，只有一个小水潭那么大。过了一会儿，魔鬼把我扔到一座山上，抓起一把土，撒在我身上，说道：“变，变，变……变成一只猴子！”

从那时起，我便成了一只百岁的猴子。我看到自己这副丑模样，为自己的命运哭泣。我忍受着岁月的煎熬，知道时运无常，并不属于哪个人。我从山顶下来，到了山脚下。我一路颠沛流离，走了一个月，到了海边。我在那里站了一个时辰，突然看见一只船，正在风平浪静的海面上行驶着，并朝岸边驶来。船到了岸，我急忙躲到岸边的一块巨石后面，爬上船。这时有人喊道：“把这倒霉东西赶下去！”

另一人说：“我们还是把它杀了吧！”

有人马上附和：“用这把剑杀了它！”

我抓住剑刃，潸然泪下。船长见状，很同情我，对大家说：“商人们，这只猴子向我求助，我想把它留在身边。”

没有人反对，也没有人说闲话。船长对我不薄，他说什么我都懂，帮他办事，打理船上的事情。

船在风平浪静的海上行驶了五十天，在一座大城市停泊下来。这座城中有无数的大学者，只有安拉才知道究竟有多少位。

我们的船靠岸时，国王的钦差大臣们纷纷登上船，祝贺商人们平安到达。他们说："我们的国王祝贺你们平安抵达这里。国王嘱咐把这卷纸送给你们，请你们每人在纸上写一行字。"

我也站起来，虽然我还是一副猴子模样，但我一把抢过纸卷。他们担心我把纸弄破，或者把纸扔到水里，就厉声呵斥我，甚至准备杀了我。

我向他们示意我会写字，船长便对他们说："就让它写吧！如果写坏了，我们就把它赶走；假如它真的会写，我就认它做儿子。我还真没见过这么通人性的猴子。"

我拿起笔，蘸上墨水，用行书写下几行诗，接着又用楷书写了几行诗。我一发不可收，先用三棱笔写了诗，接着又用库法体、公文体、混合体写下一首首诗，把一腔悲愤和郁闷一股脑儿倾泻在纸上。

我写完后，把纸卷交给他们，他们送呈国王。国王把送来的纸卷仔细翻阅一遍，只欣赏我的字。国王对大臣们说："你们把写这字的人找来，赐他锦衣华服，让他骑上骡子，举行仪式，迎他进宫。"

大臣们听了国王的话，忍不住暗自发笑。国王不解，大怒道：

“我向你们下令,你们竟敢取笑我!”

大臣们一听更乐了,说道:“国王陛下,您误会了。我们哪是取笑您的圣旨,我们是笑写字的根本不是人,而是只猴子,它长年跟着船长。”

国王听了大惊,高兴得摇头晃脑,说道:“我想买下这只猴子。”

国王派使臣带着骡子和衣服到船上,并嘱咐他们:“你们一定要让它穿上这身衣服,骑上骡子,前来见我。”

使臣们上了船,从船长那儿把我带走,给我穿上那身好衣服。船上的商人都好奇地挤上来看。

他们把我带到国王面前,我见了国王,立即跪下吻地三次。国王赐座,我便坐下来。在场的人都对我的礼貌大表惊奇,最吃惊的要算国王了。

随后,国王让人们走开,众人便退下,只剩下国王、太监、一个童仆和我。国王下令设宴,转眼间,一桌美味佳肴便摆上桌来。国王让我用餐,我便站起来,对国王行吻地礼七次,之后才坐下与国王一同进餐。

饭罢,我洗了手,拿来笔、墨、纸,挥笔写下两首诗。

写完,我在远处坐下,等待国王发表意见。国王看了诗,惊奇地说:“这猴子竟有如此才华,还写得一手好字。凭安拉起誓,这真是世间最大的奇迹!”

这时，有人给国王拿来象棋，国王便问我："你可会下棋？"

我点点头，表示会下。

我便走上前，摆好了棋，与国王对弈两局，国王均尝败绩。国王大惑，说道："倘若这是个人，一定是个才华盖世的精英。"

随后，我提笔在棋盘上写下一首诗。国王看后惊喜不已，对侍从说："你去唤来公主，告诉她父王想让她看一只奇怪的猴子。"

侍从不久便带着公主过来。公主看到我，忙捂住脸，说道："父王，你怎么想起来让我见异邦人呢？"

国王说："这里只有童仆和从小把你带大的侍从，还有这只猴子，我是你的父亲，哪有什么异邦人？你又何必捂住脸呢？"

公主说："这只猴子本是一位国王的儿子，他的父亲叫维地马鲁斯。魔鬼的后代杰尔吉里斯对他施了魔法，他才变成了猴子。杰尔吉里斯还杀了他的妻子。他妻子本是檀香岛国国王的女儿。这猴子原是位才华横溢的王子。"

国王听罢女儿这番话，大呼惊奇。他仔细端详着我，问我："公主说的是真的吗？"

我点点头，表示公主的话正确无误，接着我的眼泪夺眶而出，我再也忍不住内心的悲伤，哭了起来。

国王问女儿："你怎么会知道他中了妖术？"

"父王，我年幼的时候，有个老巫婆教我妖术。我学会了一百七十种妖术，最简单的一种是把你城邦里的石头移到嘎夫山后，让桑田化作大海，使城里的居民变成海中的鱼。”

国王对女儿说：“看在安拉的面上，你就为我们救救这个年轻人吧！我想封他为宰相。爱女，你可有此法力吗？我不知道。我只想让你解救他，我要让他做我的宰相，因为他的确是位学识渊博的人。”

“我很愿意！”公主欣然应允。

公主拿起一把匕首，上面刻着许多希伯来文的名字。她用刀在地上画了个圈，在圈中写了些名字和咒语。她嘴里不停地念叨着什么，我一句都不懂。一个时辰过后，宫殿被黑暗笼罩，我们甚至以为是天塌下来了。突然间，一副丑陋无比的嘴脸出现在我们面前，原来是那魔鬼来了。只见他的手指像梳子的齿，腿像船桅杆，双目如炬。我们吓得胆战心惊。公主厉声说道：“你不受欢迎！”

那面目丑陋不堪的魔鬼说：“你这个背信弃义的家伙，我们曾订立盟约，互不侵犯，你怎么能违反誓言呢？”

“可恶的家伙，你又何曾遵守过誓言？”公主反问道。

“看着吧，有你好受的！”

转眼间，魔鬼化作一头雄狮，张开血盆大口向公主扑过去。公主毫不示弱，身手敏捷地拔下一根头发，念了几句咒语，只见头发立刻变成一把利剑，她挥剑便砍，狮子的头和身子应声分了家。狮子头变成了一只蝎子，公主也马上摇身一变，化作一条巨蟒，蝎子便开始大战巨蟒。片刻后，蝎子又变成一只秃鹰，巨蟒变成一只大雕，紧追着秃鹰不放，鹰雕大战持续了一会儿。接着，秃鹰变成一只黑猫，大雕变成一只狼，猫和狼又在宫中周旋了一个时辰。猫见势不好，又变成一只红石榴，跳进水池中。狼扑过去，将石榴叼起来，抛向空中。石榴跌落在宫殿的地板上，摔得稀碎，石榴子儿蹦到宫殿的各个角落。那只狼马上变成一只公鸡，将地上的石榴子儿啄了个精光。事情就好像都是前定的，偏偏有粒石榴子儿滚到了喷泉旁边。这时公鸡叫起来，边叫还边扑棱翅膀，并用嘴向我们示意，而我们却懵懂，不知它在说什么。公鸡仰起脖子，高声鸣叫，宫殿都好像要塌了。公鸡在地板上搜寻着，最终还是把那粒石榴子儿找到了，冲上去便啄，谁知石榴子儿滚进水中。公鸡立刻变成一条大鱼，跃入水中，奋力追赶那石榴子儿。

大鱼在水里游了一个时辰，我们突然听见一声大叫，吓得我们浑身战栗。

过了一会儿，那魔鬼再次出现，嘴里、眼睛里都喷着烈焰，七窍生烟，活像一把火炬。公主顿时化作一片火海，我们都担心自己会葬身火海，便想跳入水中逃命。而后，我们听到魔鬼在火中大声喊叫着。我们知道自己已被卷入了这场火战。魔鬼往我们脸上喷火，公主赶过来对着魔鬼的脸喷火。魔鬼喷出的火能伤及我们，而公主的火则伤不到我们。这时的我还是猴子模样，魔鬼的火烧伤了我的一只眼睛。魔鬼还追着国王，朝他喷出火舌。国王的半边脸被火烧伤，烈火还烧掉了他的胡子、下巴和他的一半下牙。一个火星落在侍从的胸口，将他活活烧死。

我们已对求生感到绝望，觉得自己必死无疑。正在这时，一个人却颂念道："安拉至大！安拉至大！帮助我们吧，让我们胜利！"

那说话者正是公主，她已将魔鬼烧死。我们一看，魔鬼已化作了一堆灰烬。

公主向我们走来，说："给我端碗水来。"

我们递给她一碗水，她对着水念念有词，我们什么都听不懂。随后，她往我身上洒了些水，说道："凭安拉和正义之名义，你恢复原形吧！"

我立刻变回了人，但还像以前一样，瞎了一只眼睛。公主突然大叫："父王，火，火……"

她不住地喊"救火"，眼睁睁地看着火星落到她的胸前，接着蔓延到她的面部。当火烧到她的脸上时，她哭了，念道："我做证：万物非主，唯有真主；穆罕默德是真主的使者。"

我们再一看公主，她已经化作一堆灰烬，就在魔鬼变成的那堆灰烬旁边。我们为公主感到悲伤，我当时真想替她去死。我实在不忍看到那花一般美丽的面孔化作一堆灰烬，那心地善良、与人为善的姑娘就这样化作了一堆死灰。然而这都是安拉的意愿，我们又能怎样呢！

国王目睹女儿化为灰烬，拔掉了剩下的胡须，抽打起自己的脸，还撕破了自己的衣服。我也效仿国王的样子做，大家都为公主的离去伤心落泪。

稍后，大臣和侍卫们纷纷赶来。他们见国王已经昏迷过去，又看见国王身旁那两堆灰烬，都吓坏了。他们陪伴在国王身边一个时辰，国王才渐渐苏醒过来，他把公主与魔鬼斗法的故事讲给大臣们听。众人听罢，都知道发生了一场多么大的劫难，沉浸在无尽的哀思之中。

王宫上下为公主哀悼七日以后，国王下令在公主化为灰烬的地方建一座宏伟的圆顶哀悼堂，在里面点上长明的灯盏和蜡烛，以表达对女儿的哀思。他还下令让魔鬼的灰烬随风吹散，让其永远遭安拉的诅咒。

过了不久，国王染上重病，生命垂危。他病了足足一个月，竟奇迹般地恢复过来。国王把我叫到跟前，对我说："年轻人啊，在你来以前，我们一直过着安逸舒适的生活，从未遭过什么灾。你的到来，给我们增添了这么多麻烦。我们当初要是不见你，不看到你那张丑陋的面孔该多好啊！首先，正是因为你我才痛失爱女，我那女儿抵得上一百个男子。其次，宫中燃起一场大火，烧掉了我的牙齿，烧死了我的奴仆。而你倒好，只会坐以待毙，一点招儿都没有。赞美安拉，我的女儿挽救了你的生命，她却为此献出了自己的生命。孩子啊，你快走吧，离开我的国家，因为你招来这么多麻烦，我们已经受够了。这些都是安拉的旨意。你就快快平安地离去吧！"

我便离开了国王。我还不敢相信自己确已得救,一时彷徨踟蹰,不知去向何方。我回想自己的全部经历,想起他们如何把我丢在路上,我走了一个月,想起自己如何作为一个异乡人进了城,见到那位裁缝,又如何在地下宫殿里遇上那位姑娘,以及在魔鬼决定要杀我后又如何逃脱……我把我的回忆完整地梳理了一遍。

从那时起,我整日哭泣。每当伤心落泪时,我就回忆我失去眼睛的那场灾难,陷入深深的哀愁。

此后我过起了浪迹天涯的生活,到过许多国家,走过不少城市,最终到了和平之城——巴格达,期望见到信士的首领,向他讲述我的遭遇。

今夜我来到巴格达,遇见了第一位兄弟,他当时正在街头徘徊,于是我上前向他问好,与他攀谈起来。正在这时,第三位兄弟朝我们走来。他说:“你们好!我是个异乡人。”

我对他说:“我们俩也是异乡人,是今晚才到这座祥和的城市的。”

于是,我们三人一同上了路,但谁都不了解别人的经历。是前定的命运把我送到府上,见到了诸位贤明。这便是我剃掉胡子,失去眼睛的经过。

房主姑娘听罢,说道:“你的故事果然传奇!你摸着脑袋,走吧!”

第二位流浪汉说:“我不走,我想听听我的同伴的故事。”

第三个流浪汉走上前来，开始讲他的故事。

伊本·海绥布和骑士铜像的故事

尊贵的房主姑娘，我的故事不同于他们俩的故事，但比他们的故事更为离奇。他们俩的灾难都是命运造成的，而我剃须、剜眼都是自找的。

我本是一位王子，父王驾崩以后，我继承了王位。我执政英明，做事公正，善待臣民。

我酷爱航海。我的城邦濒临浩瀚的大海，有许多岛屿分布在城邦周围的海上。我拥有五十艘商船、五十艘游艇，另有一百五十艘战舰。我想周游那些岛屿，于是备好十艘船，带上足够一个月吃的干粮，就起锚了。我在海上航行了二十天。直到一天夜里，海上突起飓风，巨浪滔天，狂风裹着巨浪朝我们袭来，疯狂地拍打着我们的船，几乎将我们吞没。我们已感到求生无望，准备葬身海底。夜幕降临，我感叹道："冒险家不值得颂扬，即使他平安无事。"

我们祈求伟大的安拉保佑我们，但大海还是咆哮着，巨浪拍打着我们的船。直到破晓时分，风才停下来，大海恢复了平静。太阳跳出海面，我们也靠近了一座岛屿。上岸以后，我们支灶生火，做饭充饥。

我们继续航行了二十天。这天，我们突然觉察到海水有些异样,船长也没见过这样的海水。我对观海员说:“你仔细观察海水。”

观海员爬上桅杆,观察一番,下来报告船长:“我发现船右侧的海面上有条大鱼。我还看到前方海面上有一黑色物体,一会儿是黑的,一会儿又是白的。”

船长听完这话,捋着胡子,对大家说:“我们眼看就要丧命了,只能坐以待毙,为自己悲惨的命运哭泣。”

我说:“船长,把观海员观察到的情况告诉大家吧!”

船长说:“陛下,你要知道,海上起风,到天亮才风平浪静的那天,我们迷失了航向。我们只能在海上漂流,明天我们就会漂流到一座黑石山,又称磁石山。海浪会将我们卷到那儿,我们无法抗拒。船将被撞得粉碎,每一颗钉子都会被吸过去,粘在山上。因为安拉赋予这石山一种奥秘,所有的铁器都会被吸附过去。那座山上到底有多少铁只有安拉才知道,反正自古以来不知道有多少船撞毁在山上。紧靠着海边,有一座黄铜做的圆顶建筑,用十根大柱子擎起。圆顶上有一座骑士立马的铜像。骑士手中握着一杆铜做的长矛,胸前挂着一块铅牌,上写名字和咒语。陛下!只要这骑士还骑在那匹马上,从它下面经过的船只便会被摧毁,船上的人也无人能幸免于难,船上的铁器也会粘到山上。除非这骑士从马上掉下来,人们才能逃生。”

说罢,船长又开始号啕大哭。我们也觉得这回必死无疑了,便互相诀别，这生离死别的场面，教人好不伤心。那一夜，我们都没合眼。第二天一早，我们靠近了那座山，我们无法抗拒地被海浪推向山边。船行至山下，船上的钉子和各种铁器都受磁石的作用，飞到山上。到了傍晚，船都散了架，我们都掉进山周围的海里，拼命挣扎。有的人溺水身亡，有的人死里逃生，活下来了。大部分人被淹死，活着的人也被风浪冲散，彼此失去了联系。我托靠真主的帮助，死里逃生，捡了条命。安拉可能是考验我，让我多受些磨难。我爬到了一块木板上，浪把它推到山下，我便爬到岸上。我突然眼前一亮，看见面前有一条路，像在山上开出的阶梯，直通山顶。我不由得大声赞颂安拉的美名，感谢安拉的帮助。

我沿着崎岖的山路往上爬，这时风也停了，托靠安拉，我顺利地爬到了山顶。我到了山顶，非常高兴，以为至此便脱险了。但山顶只有那么一座孤零零的圆顶建筑，我便走进去，在里面跪拜两次，感谢真主使我转危为安。随后，我在圆顶下睡着了，睡梦中听见有人对我说："伊本·海绥布，你醒来以后，就朝脚下的地挖掘，你会发现一把铜做的弓和三支刻有咒语的铅箭。你拿起弓来，把箭射向圆顶建筑上的那个骑士，这样你便可以让过往此地的人们免受灾难了。你射中骑士后，他便会掉进海里，那张弓会落在你面前。你捡起弓，把它埋起来。随后，海水便会上涨，一直涨到与铜像一般高。这时有一只小船会漂过来，有个铜人在上面划着桨——当然了，你得先把那骑士射死——你就上船跟着他走，路上你千万不要诵念安拉的名字。你们走上十天，便能到达安全的地方。到了那里，就会有人送你回家了。一定记住，路上不要颂念安拉的名字，这样你便可脱险了。”

我从梦中醒来，高兴地爬起来，按梦中听到的嘱咐去做。我先挖出了弓箭，搭箭弯弓朝那骑士射去。那骑士中箭掉进海里，而弓则跌落在我脚下。我拾起弓，把它就地埋起来。只见海浪滔天，涨到与那座山一样高。片刻后，我看见一只小船朝我划过来。我赞颂安拉，一切一如梦里的话。小船到了我跟前，我看见上面有个铜人，胸前挂着一块刻着一些名字和咒语的铅牌。我一言不发地上了船。那铜人划船载着我，走啊走，一天、两天、三天……直到第十天。我往外面一看，看到有些岛屿。我觉得这下我真的得救了，高兴地诵念起安拉的名字，呼喊道：“安拉至大！安拉至大！”

这时，船突然把我掀翻到海水中，独自返回了。幸好我会水，那天我一直在水中游到晚上，累得肩酸臂痛，我开始同死亡搏斗。

海上刮起狂风，卷起巨浪，一个巨浪向我袭来，就像一座巨大的城堡移动过来。浪头将我卷起，竟把我抛到岸上。这真是安拉的意愿啊！

我爬起来，把衣服拧干，晾在地上，然后便睡了。等我醒来，我穿好衣服，站起来看到底往哪儿走。我发现有片小树林，便走过去，绕林子走了一圈，才发现自己在一座小岛上。四周全是滔滔海水。我自言自语道：“我刚躲过一劫，却又陷入更大的灾难。”

我想着自己的遭遇，甚至想到不如一死了之，一了百了。这时，我看到远处海面上出现了一艘载满人的船，缓缓向我所在的这座岛驶来。我连忙爬上一棵树，藏在枝叶间观察。只见船靠了岸，下来了十个扛着锹的奴隶。他们走到岛的中央，开始掘地，挖到一块盖子，掀开后，打开一道门。他们便回到船上，往那洞里运大饼、面粉、黄油、蜂蜜、羊肉和各种生活用品。运完东西，他们又搬出一些华丽的衣服，簇拥着一位年迈的老人下了船。那位老人已经是风烛残年。

一位少年搀扶着老人。那少年长得非常英俊，身着华丽的衣衫。那少年英俊的外表简直无法形容。他们一直走到那块盖子跟前，走进洞里。

过了一会儿，那些奴隶和那位老人爬出了洞，但那少年却没有随他们出来。他们把盖子盖好，埋上土，乘船走了。

等那些人走后，我从树上下来，走到那个洞跟前，用手耐心地挖，把土全部扒开，盖子终于露出来。我定睛一看，原来是块木板，有磨盘大小。我掀开盖子，发现下面有弯弯曲曲的石阶。我非常惊奇，沿着石阶下去，走到尽头看见一个干净的大厅，用各种丝制的帷幔装饰得富丽堂皇，地上铺着华丽的地毯。只见那少年独自一人，倚着靠枕坐在一个厚厚的垫子上，手拿一把扇子，周身洋溢着香气。

那少年见到我，吓得脸色蜡黄。我向他问过安，对他说："不必紧张，别害怕，没人伤害你。我和你一样，也是孤身一人。我是个王子，命运把我带到这里，见到了你。我来陪伴你，慰藉你孤单的心。你是怎么回事？怎会独自一人住在地下？”

当确信我也同属人类后，他非常高兴，脸色也慢慢红润起来。他让我坐在他身旁，对我说：“兄弟，我有番离奇的经历：家父本是一珠宝商人，开着很大的店铺，手下有许多仆人为他越洋过海经营贸易，生意做到了最远的国家。这些仆人手头都有大笔的资金，生意做得红红火火。可他膝下无子。一天夜里，他梦见自己将有一个短命的孩子，就哭叫着从梦中醒来。第二天夜里，我母亲便怀孕了。父亲记下了怀孕的日子。十月怀胎，一朝分娩，就这样，我便呱呱坠地了。父亲老年得子，分外惊喜，便设下宴席，对穷人都大加款待。他还请来懂得占星术的人、会算卦的人，以及各种能预测未来的人。他们看完我的生辰，对父亲说：‘你这个孩子长到十五岁时必有一劫，如能平安渡过此劫，便可长命百岁。他如果夭折，就因为死亡海里有座磁石山，山上有个铜制的骑士骑马站立的雕像，那骑士上还挂着一块铅牌。什么时候那骑士从马上掉下来，四十天后，你的儿子就会死去。使他死亡的人就是将骑士射倒的那个人，他名叫伊本·海绥布，是个王子。’父亲听后忧心忡忡，郁郁寡欢，但他还是费尽心血把我养大成人。我现在已满十五岁了。十天前我父亲听说那个铜骑士已经掉到海里去了，射中他的人正是那个名叫伊本·海绥布的王子。我父亲为防不测，把我带到这里。这便是我的来历,和我孤身一人在此的原因。”

我听了他的故事,大惊失色,心想:“这事的确是我干的,但凭安拉起誓,我绝不是要杀他呀!”

我对他说:“如果安拉意欲,你一定能摆脱此劫,平安过关。你不必为此整日闷闷不乐。我将陪伴着你,服侍你,使自己也安顿下来。我陪你一段日子,你把我交给奴仆们,让我跟他们一起走,我要回到我的国家。”

我坐下来与他聊天,直到天黑。我起身点燃一支大蜡烛,又把油灯点亮。我们拿出点吃的,一同用了晚餐,饭后又吃了些甜点。我们坐下来聊了大半夜,正聊着,他睡着了,我为他盖好了被子,便去睡了。

翌日清晨,我早早起来,烧了热水,轻轻地把他唤醒,端来热水,让他洗脸。他十分感动,说道:“兄弟,安拉会回报你的。我若能摆脱现在的困境,不被那个名叫伊本·海绥布的人杀死,我一定让父亲好好报答你的恩情!就算我死了,也会为你祝福的!”

我对他说:“托靠安拉,你不会有什么不测的,就算要死,也让我先死吧!”

我端来早点,我们用完。我点起香,让屋子里弥漫着醉人的香气。随后,我又摆好棋,两人开始对弈,中间吃了点甜食,我们又开始玩,直到深夜。我起身点上灯,又端出点吃的,坐下来吃着东西聊着天。又聊到了后半夜,他睡着后,我为他盖好被子,便去睡了。

就这样，三十九天一晃而过，其间我悉心服侍他，陪他吃喝、聊天。到了第四十天，那晚他很高兴，对我说："兄弟，感谢安拉，让我死里逃生。这都是托你的福，都是靠你带来的福分。我祈求安拉帮助，让你平安返家。不过，我想让你给我烧点水，我想洗个澡。"

"非常愿意效劳！"我回答说。

那少年洗完，躺在床上，准备睡了。他说："兄弟，你去切个西瓜，再拌上些糖，拿来吃，好吗？"

我进了储藏室，挑了个好瓜，放在托盘里端过去。我问他："少爷，你有刀吗？"

他说："刀就在我头顶上方挂着。"

我急匆匆地站起来取那把刀，拿上刀，握在手里，想转身，谁知脚下一滑，竟扑倒在那少年身上。也许是命中早已注定，那刀子直插入那少年的心脏，他立刻毙命。

他断了气，我知道是自己杀害了他，忍不住放声痛哭。我打自己的脸，撕破衣服，哭号道："穆斯林们！我们由安拉所造，并将回到安拉那里！占卜家们说得一点也不错，果然四十天还没过完，那少年就被我杀死了。不去拿刀切瓜，该多好啊！这真是一场劫难啊！但倘若安拉意欲如此，结果便一定是这样了。"

当确信是自己杀害了那个少年，我心中非常痛苦。我起身离开，沿石阶爬上去，盖好盖子，再用土埋好。我久久伫立，极目远眺浩瀚的大海，忽见一只小船正乘风破浪朝岸上驶来。我非常害怕，心想:“船上的人到后,发现那少年已经气绝,必定让我偿命。”我越想越怕,急忙爬上一棵高大的树,用树叶将自己遮盖起来。

我刚藏好,便看见一群奴仆走下船,一位年迈的老人同他们一起下来,他便是那少年的父亲。他们径直朝那洞口走去,刨开土掀开盖子,顺着石阶走下去。

他们到了大厅,看见少年的面庞闪着光,看得出刚洗过澡,衣服也干干净净,但胸口插着一把刀,僵直地躺在地上。他们看少年已经气绝,个个都打着自己的脸,以泪洗面。少年年迈的父亲哭得昏迷过去,好久都不省人事。

奴仆们觉得老人见到儿子被杀后,也将不久于人世了。他们把少年用绸缎裹起来,抬到船上。老人刚跟着奴仆走上地面,看见儿子直挺挺地躺着,便一个趔趄跌倒在地,然后往自己头上扬土,痛打自己的面颊,拔自己的胡子,哭得更伤心了。

这些都是我躲在树上看到的,目睹这一切,我头未白而心已老。悲伤和忧愁折磨着我。

我从树上下来,在岛上住了一个月。一天,我发现西面的大海已经干枯。我兴奋极了,觉得自己能平安离开这座岛了。我便走下海,蹚着剩余的海水,一直走到对岸。我看见一堆堆的沙土,刚能没过驼蹄。我踩着沙子往前走,朝前望去,我看到前面闪烁着星星点点的火光。我看见火光,重新燃起了生的希望,于是朝着火光的方向走去。

我到了火光跟前，发现那里有一座气势恢宏的宫殿，两扇金色的大门在阳光照耀下发出耀眼的光芒，从远处看，竟以为是灼灼燃烧的烈火。

看见这座宫殿，我欣喜不已，便坐在门前，准备休息片刻。

我刚一坐下，就见一位老人走来，带着十个衣冠楚楚的小伙子，但他们的左眼都是瞎的。我目睹此景，颇感诧异。

他们过来向我问好，我简单讲了讲我的故事。他们听罢，连连称奇。随后，他们把我带到他们的住处。

我看见他们的屋子里有十张床，被褥都是蓝色的；当中摆放着一张小床，被褥也是蓝色的。他们都坐到各自的床上，那位老人则站在小床边。

老人对我说："年轻人，就住在我们这里吧！不过，请你不要问我们的事，也不要问他们失去一只眼睛的原因。"

随后，老人端来吃的喝的，大家边吃边喝边聊。吃完饭，我们又聊了大半夜。他们问我的情况，我便把自己的经历从头至尾给他们讲了一遍。年轻人们对老人说："老人家，时间到了，你该付给我们报酬了！"

"我马上给你们。"老人回答。

老人出去一会儿，从一间小屋里取出十个盘子，每个盘子上都盖着蓝色的丝巾，上面搁着一支点着的蜡烛。老人掀开丝巾，只见盘子里放着灰土、煤灰和锅底的黑灰。那十个年轻人接过盘子，一把抓起污泥就往自己脸上抹，还放声哭泣，撕扯自己的衣服，打自己的脸，捶自己的胸膛，还呼喊道："这怪我们游手好闲，无所事事，好奇心太强啊！"

他们一直折腾到将近拂晓，这才洗脸更衣。

我目睹这些，脑袋里一片空白，不知如何是好，也忘了我的那些事。我不能对他们缄默不语，于是对他们说："感谢真主，你们都有健全的心智，而你们的所作所为却只有疯子才干得出来！我问你们，你们为何一只眼都被剜去，又为何抽打自己的脸，往脸上抹土和黑灰？"

他们都看着我，对我说："小伙子，你别因为年轻就骄狂，还是别问这些的好！"

老人端来饭菜，我们吃罢，又聊到了半夜。接下来，他们还是照例像昨夜那样折腾。

就这样，我在他们那里住了一个月。我对他们说："年轻人们，如果你们不愿消除我的苦闷，告诉我你们为何抽打自己的脸，往脸上抹黑灰，我便只有离你们而去了。"

他们答道："你最好守口如瓶，否则我们告诉了你，你会变得跟我们一样。"

我说："当然！否则你们就把我赶走。离开你们，我就回家去，省得整天看这些荒唐的事情。"

他们宰了一只羊，剥下羊皮，递给我一把刀，对我说："你带上这把刀,钻到羊皮里,我们把你缝在里面。大鹏会把你叼走,带你飞到一个有怪异的宫殿的地方,你进入那座宫殿,就到达了目的地。”

我非常高兴,他们就按说的那样把我缝进羊皮。大鹏叼起我,带着我飞到一座山上。我从羊皮中钻出来,走了一会儿,便进了那座宫殿。只见宫殿里有四十个姑娘,个个生得花容月貌。她们见我进来,异口同声地说道:“欢迎光临!”

她们让我坐在一个厚厚的垫子上,给我端来吃的喝的。姑娘们拿来四弦琴,弹奏出动听的乐曲,还和着曲子,纵情歌唱。杯盏不断传递,我陶醉在这良辰美景之中,美女醇酿让我忘却了所有的烦恼,把它们统统抛到九霄云外。

快乐总让人忘却时光的流逝。光阴飞驰而过,转眼间,新年已至。元旦那天,姑娘们哭得死去活来,对我说:“倘若我们不认识你该多好啊! 你若接受了我们的劝告就好了。”

听罢这话,我深感惊奇,问道:“这是从何说起?”

她们说:“我们是来自不同国家的公主,相聚此地已经很久,过着快乐安逸的生活。每逢新年我们都要离开这里一些时日,过四十天后回来。有件事,我们想叮嘱你一下,但我们担心你不听我们的劝告。”

说着,一位姑娘掏出钥匙,递给我,对我说:“这是宫殿的钥匙。这宫中有四十个宝库,其中三十九个,你尽可以进去参观,而这第四十个宝库，你千万不要进去。切记，不要进那第四十个宝库的大门，否则，我们今后恐难相见。”

“记住了，我决不会进去的。”我答道。

说罢，我们道过别，姑娘们腾云驾雾而去，宫里只剩下我独自一人，孤单寂寞。

当夜，我便打开了第一座宝库的大门。进去一看，我欣喜若狂，因为里面好似天堂，一派鸟语花香的美景。百花争奇斗艳，树上硕果累累，鸟儿婉转歌唱，小溪潺潺流淌；徜徉在果园中，只觉到处弥漫着沁人心脾的花香果香，令人心旷神怡，乐而忘返。我看见那里的苹果个个色泽诱人，红绿相配，好不喜人；又见那里的榅桲散发着香气，那香气赛过麝香和龙涎香；那里的李子，恰似颗颗玉石。我依依不舍地走出宝库，锁上大门。

第二天，我又打开第二座宝库的大门。进去一看，一片旷野映入我的眼帘，到处都是高大挺拔的椰枣树，河流穿过田野，花朵绽开笑靥。其中有玫瑰、素馨、香薄荷、长寿花、水仙花、紫罗兰。轻风送爽，吹得满园香气，让人如痴如醉。饱览了美景，我离开宝库，把门关上。

第三天，我又打开了第三座宝库。进去一看，才知道是一座富丽堂皇的大厅，地上铺着色彩斑斓的大理石，门窗、家具均用金银打制而成，上面镶嵌着晶莹剔透的珍珠、宝石。只见大厅里挂着各种用檀木和沉香木制成的鸟笼，笼中养着各种鸟儿，有夜莺、画眉、黑鹏、黄莺、金丝雀等。我驻足其中，聆听鸟儿歌唱，倍感欢畅，将人间种种烦忧抛到脑后。我躺在那里，一直睡到翌日清晨。

第四天，我又打开第四座宝库。进去一看，只见一个宽敞的房间出现在我面前，里面有四十个敞着门的柜子。我走近一看，发现每个柜子里都放着无数的珠宝玉石，有珍珠、黄玉、红宝石、祖母绿和其他价值连城的宝石，简直无法形容，让我惊愕不已。我暗自说道："这些东西就是国王的宝库中也未见得有！"

我心花怒放，烦恼早不知跑哪儿去了，又说："我就是当代的君王，这些宝物都是安拉赐予我的！"

就这样，我每天都打开一座宝库，饱览里面的盛景。不觉间，三十九天一晃而过。这些日子里我打开了三十九座宝库，只剩那第四十座宝库，我还未曾打开。我心里总是惦记着它，心想："姑娘们为何不让我进那座宝库呢？"终于，我没能抵挡住魔鬼的诱惑，加上姑娘们马上就要回来，我决定打开那第四十座宝库，看个究竟。

我走过去打开了第四十座宝库的大门。一进去，就觉得香气扑面而来，那香气十分浓郁，我从未闻到过。我被那香气熏得失去了知觉，过了一会儿才醒过来。我决心继续往里走。只见遍地都是番红花，屋顶上挂着一盏金灯，把整个屋子照得灯火通明。里面还有两个大香炉，香炉里燃着麝香、龙涎香、沉香，烟雾缭绕，馥郁醉人。

我还看到里面拴着一匹黑马，那黑色就像夜的黑幕。马面前有两个水晶马槽,一个槽里盛满了去了皮的胡麻,另一个盛着麝香玫瑰水。我仔细端详那匹马,见它戴着笼头,身上戴着金马鞍。我见了那马,惊诧不已,说道:"这马一定有非凡的本领!"我抵挡不住魔鬼的诱惑,解下马缰,将马牵出宝库,飞身跃上马背。

那匹骏马纹丝不动地站着,任凭我踹它的肚子。我扬起鞭,使劲抽打它,却见它忽地展开双翅,一跃腾空,直上云霄。那马带着我在空中飞了一个时辰,落在一个屋顶上。马一尥蹶子,将我摔在地下,又扬起尾巴,抽打我,将我的左眼弄瞎后,又跃起腾空,展翅飞走了。

我从屋顶上下来,见到那十个独眼的年轻人。他们对我说:"我们不欢迎你!"

我苦苦哀求他们:"你们难道不能收下我,让我留在你们这里吗?"

他们说:"凭安拉起誓,你不能在我们这里停留。"

于是,我从他们那里出来,忧伤充满心头,不由得泪水涟涟。

安拉保佑我平安抵达巴格达,我剃光了胡子,成了一个流浪汉。

我遇见这两个独眼人,向他们问安,告诉他们:"我是异乡人。"

他们俩说:"我们也是异乡人。"

这就是我失去一只眼睛,剃掉胡子的原因。

第三个流浪汉讲完他的故事，房主姑娘说："你摸着脑袋，走吧！"

第三个流浪汉说："我不走，我想听听这些人的故事。"

房主姑娘看看哈里法、贾法尔和马斯鲁尔，说道："把你们的故事也讲给我听听吧！"

贾法尔走上前去，把他进门时对看门姑娘说的那番话又对房主姑娘说了一遍。房主姑娘听罢，说道："我饶恕你们了，你们一同走吧！"

他们出来，走到一条胡同里，哈里法问流浪汉们："你们去哪里呀？"

"我们也不知道往哪里走。"流浪汉们回答说。

哈里法说："那就跟我们走，到我们那里过夜吧！"

哈里法吩咐贾法尔："你带他们去休息，明天再把他们送到我那里，把他们的经历都记下来！"

哈里法回到宫中，一宿无眠。次日天刚亮，他就坐到宝座上。当文武百官朝拜过他，哈里法便对贾法尔说："你去把那三个姑娘、两条狗还有那三个流浪汉给我带来！"

贾法尔把他们带进宫，让三位姑娘在帘子后坐下，对她们说："我们得到了你们的宽容和款待，但你们并不知道我们是谁。我现在就把自己介绍给你们。你们面前这个人就是阿巴斯王朝的第五任哈里法哈伦·拉希德，你们应如实禀报。"

姑娘们听得哈里法的大名，房主姑娘忙走上前去，说道："信士们的首领，我有一段传奇的经历，倘若记录下来，足以让后人引以为戒。"

房主姑娘便开始给哈里法讲述自己的身世。

一位姑娘和她的两个嫉妒的姐姐的故事

我有一段传奇的经历。这两只狗本是我同父异母的姐姐。家父去世后，留下五千第纳尔的遗产，我们每人分得了一份。我在姐妹中排行最小，两个姐姐先后嫁了人。

过了些时日，我的两位姐夫要出外经商，各从妻子那里拿了一千第纳尔，他们便一同携妻外出，将我独自一人留在家中。

他们一走就是四年，两位姐夫做生意蚀了本，将我的两个姐姐抛弃在异乡，自己溜之大吉。她俩沿路乞讨才回到家中。我再次见到她们，竟不敢相认。当认出是我的两个姐姐，我就对她俩说："你们怎会沦落到这步田地？"

她俩说："妹妹，事到如今，说什么都没用了。这都是命中注定之事，是真主的安排。"

我让她们洗澡、更衣，然后对她们说："你们是我的姐姐，父母不在世了，我便视你们为父母。我分得的那份遗产，承蒙安拉襄助，算到今天，还有增无减，我的境况尚好。今后，我同你们不分彼此，一块儿过活吧。”

我细心照料她们，待她们甚好。就这样一年过去了，她们从我这儿捞了一笔钱，然后对我说：“亲妹妹，好妹妹！我们还是想嫁人，没有男人的日子委实难熬。”

我便劝她们说：“两位姐姐，你们不是有过教训吗？应该知道，婚姻实在不会有什么好结局。这世上好男人实在太少。”

可我那两位姐姐不听劝阻，非要嫁人。于是，我只得出钱为她们置办了嫁妆，她们便又嫁人了。

好景不长，她们的丈夫玩腻了她们，便卷走了她们的财产，扔下她们，不知跑到哪里去了。

两位姐姐变得一无所有，囊中空空如也，几乎是光着身子回来见我的。她们向我道歉说：“你就别责怪我们了，你虽说年龄比我们小，但比我们有头脑。打今天起，我们再也不提嫁人这档子事了。你就权当我们是你的丫鬟，只要赏碗饭吃，我们就心满意足了。”

我对她们说：“欢迎你们，我的好姐姐！对我来说，你们比什么都宝贵。”

就这样，我又收留了她们，而且对她们加倍地好。我们这样度过了整整一年。后来我想到巴士拉做生意，置办了一船货物和路上所需的一切，然后对她们说：“两位姐姐，你们是愿意在家等我回来呢，还是愿意陪我一道出这趟远门？”

她俩赶紧说:"我们跟你一块走吧,离开你我们不行啊!"

于是,我带上她俩,一道扬帆起航前往巴士拉。临行前,我把自己的钱分成两等份,一份带在身上,另一份藏在家中,心想:"船如遇什么不测,以后来日方长,回家后还有这些钱以应急需。"

我们在海上航行了几天几夜,突然船迷失了航向,船长对航线不甚熟悉,船驶进的海域根本不是我们要去的地方。所幸海上一直风平浪静,我们平稳地航行在海面上。十天后,我们远远看见一座城市。我便问船长:"我们靠近的这座城市叫什么名字?"

船长答道:"凭安拉起誓,我不晓得。这还是我平生第一次在这片海域里航行。但无论如何,我们总算脱离了危险。你们放心进城,带上你们的货物,在城里卖吧!"

船靠岸后,船长离开了一个时辰才回来,对大家说:"诸位请下船进城吧!你们会对安拉对世人的惩罚感到惊奇,你们可不要惹怒安拉!"

我们便进了城,发现城里所有人都化作了黑石头,我们非常吃惊。我们在市场上逛了逛,发现到处是成堆的货物,金银任意乱放。我们按捺不住心中的狂喜,心想:"这可是件咄咄怪事呀!"我们到城里各条街上,占有那里的货物和财产。

我登上一座城堡,发现它的建筑精美绝伦。我又走进王宫,发现里面的各种家什都是金银制成的。我见国王端坐在宝座之上,侍从、大臣和国家要员站成两列,个个衣着华丽,气度不凡。

我走近国王，看见国王的宝座上镶着各种宝石，如夜幕中的星斗，在闪闪发光。国王的御衣用金线绣成，周围站着几十个奴仆，身着各色锦衣，手握宝剑。我目睹这些，惊得目瞪口呆，不知说什么好。

我接着走下去，进入妃子们住的大厅，只见墙上挂着丝制的帷帐，王后身着嵌着珍珠的绸衣，头戴镶嵌着各种宝石的凤冠，脖颈上戴着项链，可王后已经变成了黑色的石头。

我看见有道门开着，便走进去，看到里面有七级台阶，便拾级而上，一间大理石屋子出现在我眼前，屋里地面上铺着金丝制成的地毯。我还发现屋里摆着一张雪花石床，上面镶嵌着各种各样的珠宝。止在这时，我看到什么东西在发光，走近一看，原来是个鸵鸟蛋大小的宝石，放在一张小椅子上，那小椅子也熠熠生辉。

我看到这些，感到无比惊诧。我还看见屋里有未灭的蜡烛，心想："肯定有人点燃了蜡烛。"我又进了别的房间，到处看看，那里的情景让人惊奇不已，看得我如痴如醉，竟忘了现在身在何处。

我久久地陷入沉思之中，不知不觉，夜已经垂下了它的帷幕。我本想出宫，一时又找不到门，只有回到有烛光的房间，坐在床上，诵读了几段《古兰经》，盖上被子，准备睡觉，但睡也睡不着，心里忐忑不安。

午夜时，我忽听见有人诵读《古兰经》，声音微弱，却悦耳动听。我循声望去，看见一间小屋的门开着，便走了进去，发现这是一间礼拜堂，屋内亮着灯，地上铺着地毯，只见一位眉清目秀的青年正跪在礼拜垫上。我好生奇怪："城中的人不是都已变成黑石头了吗？他为何还悠然自得、毫发未伤呢？"

我上前问过好，那青年回礼。我说："凭你正诵读的《古兰经》起誓，我要求你回答我的问题。"

那青年莞尔一笑，说道："先请你告诉我，你为何到了此地，之后，你问我什么，我一一作答。"

我便把自己来到此地的经过原原本本地告诉了他，他听罢，深感惊奇。

我便问他这城的情况，他说："稍候片刻！"

随后，他收起《古兰经》，装入一个缎袋，请我坐在他身旁。这时我仔细端详他，发现他长得一表人才，风流倜傥，气宇轩昂，那模样恰似皓月当空。

我对他一见钟情，他的出现，掀起我心中的涟漪，使我心神不宁。我对他说："朋友，请回答我的问题吧！"

"遵命！"年轻人爽快地回答。

接着他便开始讲他的身世。

黑石城的故事

"你有所不知，我父亲本是这座城邦的国王，先前，这里曾经人烟稠密。我父亲便是你见到的坐在宝座上的那位，现在已成了石人。而你所见到的那位王后就是我母亲。他们都是拜火教徒，不崇拜安拉，只崇拜什么火、光、影、热和旋转着的天体。家父本无子嗣，到了晚年才生下了我。父亲倾注大量心血把我培养成人，我一直生活在安逸幸福之中。我家里有位年迈的保姆，是位穆斯林，笃信安拉及众使者。虽然信仰不同，但她与我的家人相处得颇为融洽。父亲见她善良诚实，就十分信任她、尊重她，误以为她和自己一样都是拜火教徒。

“待我长大后，父亲把我托付给老保姆，对她说：‘你带他去吧，教给他宗教知识，好好照料他，教育他。’

“老保姆把我带去，教给我伊斯兰教知识，叫我做小净、大净，礼拜，背诵《古兰经》。我学会了所有这些，老保姆对我说：‘孩子，你不要把这事告诉你父亲，否则他会杀了你的。’

“我把这些事都瞒着父亲。过了些时日，老保姆死了。城里的人开始变本加厉地信仰那些异端邪说。这时，突然有布道者的声音传来，声音洪亮，犹如惊雷，远近都能听清。布道者喊道：‘城里的人们，放弃拜火教，崇拜伟大的安拉吧！’城里一片骚乱，人们惊慌失措，聚集在父亲周围，问道：‘这声音甚是骇人，这究竟是怎么一回事？’父亲对他们说：‘你们不必惊慌失措！不要放弃你们的宗教！’城中的人听了父亲的话，仍然执迷不悟，坚持信仰拜火教。一年以后，城中再次响起那种声音；之后的连续三年，每年都能听到这声音。可是城中的人依旧死抱着他们的宗教不放。这触犯了安拉，一个早晨，城里的一切都化作了黑色的石头，只有我一人幸免于难。”

年轻人接着说道：“从事情发生那日起，我便这样生活着：做礼拜，把斋，诵读《古兰经》。我寂寞无助，没有人能抚慰我寂寞的心。”

我说道：“年轻人，你是否愿意与我同去巴格达？到了那里，你可以见到许多的学者和伊斯兰教法学家，能让你开阔眼界、增长知识。我虽是大家闺秀，手下有无数奴仆侍从，我还拥有满载着货物的商船，在这座城市也卸下了大量货物，但我心甘情愿做你的婢女。我之所以能知道这些，源于这次买卖，这完全是命运使然啊！”

我苦苦劝说年轻人与我同行，他最终答应了。因为兴奋，那夜我竟倒在年轻人的脚下睡着了。

翌日清晨，我们走进国库，挑选了一批分量轻而价值高的东西带上，从城堡下来，来到城中。我们遇到正在寻找我的奴仆和船长，我们相见自然非常高兴。他们问及我不在街上的原因。我把自己的所见，和那年轻人的故事，以及这座城市变成石头的原因，一一告诉他们。他们听后，连连称奇。

我的两位姐姐见我领了个英俊的小伙子回来，不由得心生嫉妒，怀恨在心，谋划着害我的毒计。

我们上了船，由于身边有了那位英俊男子，我高兴得忘乎所以。我们等待起程,等顺风时,我们便起航了。

我的两个姐姐坐在我身边,谈笑风生。她们俩问我:“妹妹,你带着这么一位英俊的青年,有什么打算吗?”

我告诉她俩:“我想嫁给他。”

我又望着年轻人,对他说:“先生,我有个想法告诉你,希望你不要让我失望。等回到我的故乡巴格达,我想与你完婚,共同生活,你意下如何?”

“我听你的。”年轻人干脆地回答。

我看着两位姐姐,对她俩说:“这全部的财产都归你们,我有这青年便心满意足了。”

“好吧!”她俩异口同声地回答。

可是,我那两个姐姐却已开始暗算我了。

我们在和风中继续航行,终于驶出那片可怕的海域,进入了安全水域。我们接着航行了几天,靠近了巴格达城。当城里的建筑进入我们的视野时,天黑了。我们便睡下,这时我的两个姐姐却起来了。她们把我们两个裹着被褥一起扔进海里。那位小伙子不会水,溺水身亡,回到安拉那里,而我却逃生了。当我在海里挣扎时,安拉送来一块木板,我爬到木板上,海浪卷起我,把我抛上一个小岛。

我登上小岛,在黑暗中,我独自行走。天亮以后,我发现岛上有条路,路上有人的脚印,原来那是连接海岸与陆地的一条路。太阳出来,我晾干衣服,沿路往前走,直到接近陆地,那里出现了一座城市。

正在这时候,我看见一条巨蟒,后面有一条毒蛇紧追不舍。那巨蟒耷拉着脑袋,看上去疲惫不堪。我对巨蟒顿生怜悯,随手捡起一块石头,砸中了毒蛇头部,毒蛇立刻死去。再看那条巨蟒,它张开双翅,朝天空飞去。我感到非常奇怪,这时我已经筋疲力尽,便席地而卧,睡着了。

过了一会儿我醒来,一看,有少女正为我捏脚,前面还有两只黑狗。我坐起来,不好意思地问她:“你是何人?在此做什么?”

少女说:“你竟如此健忘,你刚才做了一件善事,杀死了我的敌人。我就是那条巨蟒,你把我从毒蛇口中救出。我是天仙,那毒蛇是妖精,是我的劲敌。你把我救了以后,我就飞到空中,飞到你的两个姐姐将你抛入海中的船上,把所有东西都运回了家,将船沉入海中。我已施了魔法,将你的两个姐姐变成了两只黑狗。你的身世和经历,我非常清楚。那位年轻人,他已被水淹死了。”

稍后,少女把我和两条黑狗都带走了,将我们放在我们家的屋顶上。我看到船上的全部财物都放在屋里,一样都没少。

少女又对我说:“凭苏莱曼戒指上的文字起誓,我把这两只黑狗交给你,你每天各打它们三百鞭,不然的话,我就把你变成它们的同类。”

信士的首领啊,直到现在,我还是每天抽它们,尽管我很同情它们。它们知道我打它们并非我的过错，也接受了我的歉意。这便是我的故事。

哈里法听罢，感到吃惊，他问看门姑娘："你身上的伤痕又是怎么回事呢？"

看门姑娘开始讲自己的身世。

第二位姑娘和老太婆的故事

信士们的首领，我父亲本是位富翁，去世后留下大笔遗产。我独自生活了一段时间，便和当时最富有的一名男子结为连理。不幸的是我那丈夫一年后便撒手人寰。根据法律规定，我从他那里继承了八万第纳尔的遗产，成了当时名声显赫的富人。我为自己置办了十套雍容华贵的衣服，每套价值一千第纳尔，我过着奢华、安逸的日子。

一天，我正闲坐家中，突然有位老太婆走进我家，只见她面色焦黄，满脸皱纹，眉毛长垂，两眼眯缝，瘦得皮包骨头。

老太婆向我问安，然后说："我有个孤女，今夜我为她举行婚礼。我到贵府是想请你赏光。我那女儿郁郁寡欢，愿安拉帮助她。"

说罢，老太婆哭了起来，吻了我的脚。我见她这副惨相，顿生恻隐之心。我说："我一定按您说的办就是了。"

老太婆说:“你收拾一下,晚饭时,我来请你。”

接着,她吻吻我的手,就走了。

我起身,梳洗打扮一番,老太婆就来了。她说:“夫人,本地的贵妇人都已经到了,她们听说你要出席,都非常高兴,正恭候你的光临呢!”

我起身准备后,便带着婢女出了门,走进一条胡同,那里微风习习,非常舒服。我们看见一个拱门,用大理石砌成,建筑精美绝伦。走进门是一座宫殿,下临地面,上刺云天。到了门跟前,老太婆敲了敲门,门开了。我们进去一看,只见一条铺了地毯的长廊直通金碧辉煌的大厅,厅里灯火通明,精美的烛台上燃着红烛,无数盏灯闪闪放光,这厅的豪华简直无与伦比。厅的中央摆着雪花石做的床,上面镶满珠宝,床上挂着幔帐。忽然间,从帐中走出一位妙龄女子,只见她俊俏艳丽,光彩照人。她说道:“姐姐,欢迎光临!你的到来给我莫大的安慰。”

少女坐下,对我说:“姐姐,你有所不知,我有个兄长,曾在几次婚礼上见过你。他真心喜欢上了你,便给这老太婆许多钱,她才去你府上找你。老太婆这样安排就是为了让你同我哥哥见一面。我哥哥想与你成婚,这完全符合安拉及其使者定下的法度,没有什么丢人的。”

我听罢她的话,又觉得在人家家里,不便回绝,便说:“听从你的安排就是了。”

姑娘听了当然高兴。她拍了拍手，门便敞开，走出一位英俊青年，他的脸宛如当空一轮满月。

我一看见他，心便飞向了他。

那青年走过来，法官带着四位证人也走进门，互致问候之后，大家坐下来，为我和青年写了婚书，便走了。

青年含情脉脉地注视着我，说："今夜是我们的洞房花烛夜。"

接着他又说："夫人，我有一个条件，请让我告诉你。"

"夫君，有什么条件，你讲出来好了。"

他站起来，拿来《古兰经》，对我说："你要对《古兰经》起誓，今生今世永远陪伴我，不再选择除我以外的任何男人。"

我便对着《古兰经》起了誓。他高兴极了，把我拥入他那宽广的怀中。仆人们端上饭菜。吃罢，我们同床共枕，相拥入眠，直到天明。

我们就这样甜甜蜜蜜地度过了一个月。

蜜月过后，有一天，我请求上街买些衣料，他答应了。我穿戴好，带上那个老太婆，一同去了市场。我们来到一家店铺，那老太太认得那年轻的店主。她便对我说："这是个精明的小伙子，父亲死后给他留下大笔的遗产。"

然后她又对店主说："把你上好的布料拿给这位太太看看。"

"遵命！"

老太太在我耳边不停地夸奖这位年轻店主。我说："我们来买东西,无须你这般夸奖他。”

小伙子拿出我们想要的东西。我们付钱给他,他却执意不收,说道:“就算作我对你们的优待吧!”

我对老太婆说:“如果他不收我们的钱,就把布料还给他吧。”

店主说道:“凭安拉起誓,我真的不收钱。这算作我送你的礼物,我只求吻你一下,因为这一吻比我店里的所有货物都贵重。”

老太婆便问:“吻一下又何所益呢?”

老太婆又转脸对我说:“姑娘,你就让店主吻一下好了,也不损害你什么,他店里的东西,你就只管拿好了。”

我问老太婆:“你难道不知道我已立下誓言?”

“你就让他吻你一下,就一下,你不用动,把钱收起来好了。”

老太婆不停地劝我,又用包布盖住我的头,我便应允了,用裙角把眼睛和脸捂住,省得被人看见。

那年轻店主把嘴凑上来,使劲地吻我,末了还狠狠地咬了我一口,把我的脸咬破了。我疼得晕倒过去,老太婆忙把我揽入怀中。

当我醒过来,店门已经关上。老太婆装作非常难过,说道:“安拉的安排不可抗拒!”接着又说,“走吧,咱们回家吧。你就假装身体虚弱,回家后我给你拿些药涂在伤口上,很快就会好的。”

又过了一会儿,我站起身,忧心忡忡,害怕极了。我挪着沉重的步子走回家,进门就装成生病的样子。丈夫进来,说道:“夫人今天出门是不是遇到了什么不愉快的事?”

“没有，我挺好的。”我答道。

他看看我，问我：“你面颊上的这块伤是怎么回事？”

我支支吾吾地回答：“承蒙你的允许，今天我上街去买布。一匹驮着柴火的骆驼碰了我一下，撕破了我的面纱，你瞧，把我的脸也划破了。唉，城里的街道实在太窄了。”

他听罢我的话，说道：“明天我就去找总督，跟他说说这事，让他把那些卖柴火的全都绞死！”

我对他说：“看在安拉的面上，你可别这样做。你也不能怪哪个人，我当时骑着驴，那驴绊了一下，把我摔在地上，我正好碰上一根木棍，把我的脸刮伤了。”

他听完又说：“明天我去找贾法尔，跟他说说这事，让他把城里赶驴的全部杀死！”

我忙说：“你难道是因为我，要把所有人都杀了吗？我遇上的这事，完全是安拉安排好的。”

他说：“我非那样做不可！”

他追着我问，非要问出个究竟来，我却闪烁其词。他起了疑心，忽地站起来，有点生气，大吼一声，这时门开了，进来七名黑奴。他命黑奴们把我拖下床，把我扔在院子中间。他让一个黑奴抓住我的肩膀，骑在我的头上，另一个黑奴则骑在我的膝盖上，摁住我的腿，第三个黑奴过来，手里拿着一把剑，说：“老爷！我是不是一刀下去把她剁成两半，再卸成几块，每个人拿一块，扔到底格里斯河里喂鱼！让人们看看这就是背信弃义的报应！”

我丈夫对那个黑奴说：“萨阿德，你剁了她！”

于是那黑奴拔出剑，说道：“你还不赶快念‘作证言’，你还有什么要说的、要嘱咐的，赶快说！你的生命已走到尽头了。”

我说：“好心人啊！你再宽限我些时间，让我念‘作证言’，留下遗嘱。”

说完这话，我抬起头，看到我现在的惨状，我曾属名门望族，而如今却蒙受这奇耻大辱。想到这些我不禁失声痛哭，泪如泉涌。

我那狠心的丈夫等得不耐烦，命令拿剑的黑奴：“劈了她！”

那黑奴挥剑砍来，我此时已觉得自己必死无疑，便把一切托付给安拉。就在这时候，那个老太婆突然进来，扑倒在我丈夫脚下，吻着他的脚说：“孩子啊，看在我从小把你拉扯大的分上，你就饶了她吧，她并没犯下什么该杀该斩的罪过。你若不依不饶，杀了她而后快，我是怕她死后诅咒你一辈子，你还年轻。”

说着，老太婆竟哭起来，不断地哀求他。他被缠得没法子，只好说：“好吧，好吧！我饶了她，但我一定要在她身上留下点一辈子都抹不去的烙印！”

他让黑奴扒下我的衣服，把我摁在地上。他找来一根榅桲棍，抽打我的身体，棍子一下一下地落在我的脊背和两肋上。他一直打得我不省人事，才住手。我都觉得自己要死在他的棍棒下了。

他发泄完淫威，吩咐那些黑奴，让老太婆带路，连夜把我送回老家。黑奴们把我往屋里一扔，掉头便回去交差了。

我直到次日清晨才苏醒过来。我自己疗伤，过些时日，伤痊愈了，但肋部还是有被暴打过的痕迹，正如您看见的，怎么也去不掉。我又接着调养了四个月，渐渐恢复了元气。

随后，我曾去过一趟那座发生了这些事情的房子，谁知那里已是荒原一片，连那条胡同都从头至尾全部被毁了。我也不知道其中的原因。

后来，我就来到这位姐姐这里，看到她身旁有两只黑母狗。我向姐姐问过安，就把自己经历的一切原原本本地告诉了她。她听后，对我说："大难不死，必有后福。感谢安拉，现在总算平安无事了。"

然后她也给我讲了她的经历，讲了她和她的两个姐姐之间发生的故事。自此，我们便住在一起，谁也不提结婚嫁人的事。后来那位妹妹也同我们在一起，她负责每天出门采办各种必需品。今天先是脚夫来到我们那里，接着是流浪汉们，随后你们一行化装成商人也来到我们家。这不，今天一早，我们懵懵懂懂地被带到您面前，这就是我们的故事。

哈里法听完这个故事，觉得非常离奇，便命史官记录下来，作为历史，永久保存在史料库中。

随后，哈里法问第一个姑娘："对你的两个姐姐施魔法的那个女仙,你知道她的消息吗?”

姑娘回答说:“信士的首领,她曾给过我她的一绺头发,对我说:‘你要是想让我来到你面前,你就从这绺头发中抽出几根,用火烧了,我便会迅速赶到,哪怕我远在卡福山后。’”

哈里法便说:“把那绺头发给我拿来。”

那姑娘便把头发拿来。哈里法拿起头发,从中抽出几根,用火一烧,马上散发出一股焦煳的气味。这时候,王宫剧烈地摇晃起来,众人突然听见隆隆巨响,接着是丁零当啷一阵乱响,只见那女仙腾云驾雾,从天而降。她是个穆斯林,见了哈里法便上前致意:“愿你平安,哈里法——安拉的代理人!”

“也愿你平安,安拉慈悯你,赐你幸福!”哈里法回礼道。

那女仙说:“你要知道,这位姑娘曾有恩于我,她救了我的命,帮我除掉了我的敌人,我却无以回报她对我的恩德。当知道她的两个姐姐的所作所为,我就想替姑娘报仇。我曾想把她俩杀掉,但又怕姑娘不高兴,于是我便施展魔法,把她俩变成了两条黑狗。信士的首领,如果你现在想解救她俩,看在您和这姑娘的面上,我会解救她俩。因为我也是一个穆斯林。”

哈里法说:“你先把她俩救出来,随后我们再处理那挨打的姑娘的案子,调查她的情况。如果她所言属实,我一定要严惩那个施暴的恶人。”

女仙说道:“让我来告诉你是谁对那姑娘干下了这些暴行,并欺凌她，掠走她的财产，这个人离你最近。”

说罢，女仙端起一碗水，对着水念了几句咒语，然后把水洒到两条狗的脸上，接着对两条狗说：“变回人形吧！”

两条狗应声变回原来的人样。

随后，那女仙对哈里法说：“信士们的首领，对这位姑娘施暴的不是别人，正是你的太子阿明。他听说这姑娘的品德和美貌，便千方百计地娶了这姑娘为妻。”

女仙把姑娘遭遇的一切都讲给了哈里法。他听完大惊失色，说道：“感谢真主，使这两条狗在我这里得救。”

随后，哈里法传太子阿明进宫，问他第一个姑娘的故事，太子如实禀报。哈里法便传来法官证人，并召来那三个流浪汉，及第一个姑娘即房主姑娘，和她那两个曾被施了魔法变成两条狗的姐姐，把她们三姐妹分别许配给那三个自称曾经贵为国王的流浪汉，让他们三人做了他的侍从，赐给他们所需的一切，并安排他们住在巴格达的王宫里。哈里法又让挨打的那个女子与太子阿明复婚，并赐给她大笔财产，下令为她重建一座比以前更好的宫殿。

而哈里法本人则娶了采买姑娘，他们当夜成婚，共度洞房花烛夜。翌日清晨，他下令为新妃子修一座宫殿，派了婢女专门伺候，拨给大笔俸禄，让她过起王妃的舒闲日子。

哈里法的慷慨和大度，一时传为美谈。

法官伊亚斯

一天，法官伊亚斯·本·穆阿维叶坐在一家香水店门口，一边休息，一边同他的朋友——香水店老板聊天。他常说：“在香水店老板那儿闲坐，不仅有趣，还能让人受益匪浅。”

正当他俩聊得起劲儿时，街上走过一个异乡人。伊亚斯就对他的朋友香水店老板说：“你瞧这个人，你以前在市场上见过他吗？”

“没有。”香水店老板回答说。

“我也没见过他。”伊亚斯说道。

“那你为什么问我他的事儿，我的法官朋友？”香水店老板说。

“我是想告诉你他的情况。他是个异乡人，来自瓦斯特城，职业是孩子们的老师，他的一个黑人少年逃跑了……”伊亚斯答道。

“你是怎么知道他的这么多事儿的？”香水店老板问。

“你如果想验证我的话是否正确，那就去问问他便是了。”伊亚斯回答说。

香水店老板原本就对伊亚斯法官的聪明敬佩有加,伊亚斯的智慧和判断力甚至让他感到惊讶,这位法官只稍一瞥便能洞悉事物。但是这回,他觉得有点夸张。于是,他走到那个陌生人跟前,问了声好,和陌生人聊了一会儿。然后他回到店里,对法官说:"你真是聪明绝顶,料事如神!你刚才提到的那个人的情况完全正确。你是怎么知道他的情况的?"

伊亚斯回答说:"我注意到他左顾右盼,东张西望,就知道他是个异乡人。我猜他是瓦斯特人,因为他的衣服上沾着红土,而瓦斯特的土地大多是红色的。我知道他是孩子们的老师,因为他遇到长者,都要问声好再走,而遇见小孩时,都会笑容满面,亲切怜爱地问好。"

"那你是怎么知道他正在寻找从他那儿逃跑的黑人少年呢?"香水店老板问道。

"我注意到他每当遇到黑人少年,都要停住脚仔细端详。"伊亚斯回答说。

香水店老板拿了一个非常精美的香水瓶,说道:"你真是聪明过人,我要是像你一样聪明,观察事物如你一般仔细就好了。这瓶香水是我这儿最昂贵的一种,是用大马士革的茉莉花做的,我把它作为礼物送给你,请收下。"

说到这儿,两个人都笑了。法官对香水店老板说:"你看见了吗?我不是跟你说过,在香水店老板那儿闲坐,不仅有趣,还能让人受益匪浅吗?”

两件大衣

隆冬的一天,寒意袭人。一位男子走进巴士拉城市场上的澡堂,想用热水洗个惬意的澡,来驱走一身寒气。他当时穿着一件昂贵的红色大衣,大衣是用新羊毛做的。他在接待厅里脱下大衣和衣服,然后走进里面的浴室。

不一会儿,又有一个人来洗澡,他穿着一件相似的羊毛大衣,但是他的那件是绿色的,而且很旧。他脱下衣服,挂在第一个人的衣服旁边,就进了浴室。

等这两个人出来后,却因为这两件大衣争执不下,各执一词。俩人都称自己的大衣是红色的,而且都振振有词,决不让步,闹得差点打起来。澡堂老板百般无奈,只好叫这两位和他一块儿去法官伊亚斯那儿,因为只有他才能解决这个难题。于是这两位去了。

法官听罢这个故事,对两个人的供述感到莫衷一是。他沉思良久,然后说:“给我拿把梳子来。”

在场的所有人都颇感惊讶地问:“梳子?梳子和这个问题有什么关系?”当梳子拿来后,法官命令第二个人梳头,他便从命了。之后法官拿过梳子,仔细地看,他发现梳子的齿上挂着绿色的细小绒毛。他便对第一个人说:“红大衣是你的,拿着,想去哪儿去哪儿吧。”

然后，伊亚斯转向第二个人，对他说：“拿上你的绿大衣，到监狱里御寒用吧。”

而那位被伊亚斯法官的智慧惊得目瞪口呆的澡堂老板却还站在那儿，他问道：“您是怎么想到这个绝妙的主意的，我的法官先生？”

法官回答说：“毛毡大衣是用羊毛做成的，羊毛的细绒一定会挂在主人的头发上的，如此而已。”

澡堂老板拍着自个儿的脑门，说道：“我怎么就没想到这个主意呢？”

钱袋的故事

从前，巴士拉生活着一个名叫艾布·白迪阿·弗塔伊尔的人。人们这样称呼他，是因为他会做美味的馅饼。他把奶油、油脂同面和在一起，再掺上糖和碎杏仁儿，然后拿到文火上烘烤，一张张香喷喷的馅饼便出炉了。

当时，艾布·白迪阿·弗塔伊尔在市场上的邻居是个名叫艾布·白迪阿·拜扎兹的人。人们这样称呼他，是因为他卖布，也做衣服。弗塔伊尔的店和拜扎兹的店紧挨着。

有一天，市场上挤满了人。有个人路过这儿，看见地上有个小袋子,就把袋子捡了起来,只见袋子里装满了钱币,上面写着“艾布·白迪阿”。他想将这袋子物归原主,但是做馅饼的和卖布的两个艾布·白迪阿却发生了分歧,双方各执一词,互不相让,都坚持说袋子是自己的。俩人越吵越厉害,当闹得不可开交的时候,三个人只好一同去了伊亚斯法官那儿。

伊亚斯法官想了好半天,然后问第一个人:“你是谁?”

那人回答说:“我是过路的,我拾到了这个袋子,想使它物归原主。”

法官又问第二个人:“你是谁?”

“我是卖布的,这是我的钱,我决不放弃!”卖布的艾布·白迪阿答道。

法官又转向第三个人,问:“那你是谁呢?”

“我是做馅饼的,我用奶油和油脂做焰饼。”做馅饼的艾布·白迪阿答道。

法官问罢这些,吩咐说:“端一盆热水过来。”

这三个人对这个突然的要求深感困惑,但是他们还是遵命端来了一盆热水。于是法官打开袋子,把里面的钱全部倒进了水里。他稍等了一会儿,那三个人也默默地等着。不一会儿,他们就注意到水面的颜色已经变了,因为水面上浮起了几块小小的油渍。

法官抬起头对做馅饼的说:“拿着这些钱,这是属于你的,因为上面还留着你手上油脂的痕迹。”

而那个卖布的,当然受到了应有的惩罚。

宝藏的秘密

从前，有一个贫穷的樵夫，每天赶着驴子到野外砍柴伐木，拿到集上贩卖后，再用所得的钱给自己和妻子买回一点食物。这是他夏天干的活儿。若冬天来临，草木不再茂盛，他就拾些零碎的柴草，也一样拿到集上去卖。

有一天夜里，樵夫正在睡觉，忽然觉得有人将他唤醒。

“瞧瞧，你过的是什么日子呀？”那人说道，“这种日子简直太辛苦了！假如你听劝的话，眼前就有一笔大财。快去巴格达，在东城门的某块地底下挖个坑，挖到一米半时，你就会找到一个大金矿——这就是你及你的子子孙孙的财富……”

贫穷的樵夫是在睡梦中听到这番话的。当他醒来之后，这番话语一直在他心中回响着。他仿佛清晰地看见那个把他叫醒的人，听见他说话的声音——毕竟，这是一桩多么具有诱惑力的好事啊！简直让人垂涎欲滴！尤其对于一个家徒四壁、一贫如洗的穷人来说。

然而，樵夫心想："我如何才去得巴格达呀？我生活在阿西格，财宝在巴格达，从阿西格到巴格达可不是一件容易的事……"

他把自己的思路岔开，对自己解释道："这不过是幻想而已。我生活的希望无法实现，在脑海里沉淀下来，然后在睡梦中启动，结果就出现了这么一场梦境……"

次日晚上，这个人又在梦中出现了。他拉过樵夫的手，将樵夫从床上扶起坐正，然后重述了一遍前夜所说的话。早上樵夫醒来后，这番话又在内心一直回响着。他竭力把自己的思绪岔开，专心干自己每天必干的活。

第三天晚上，樵夫枕着枕头，诵念着安拉的名字，又做了许多祷告，保佑自己远离魔鬼的侵扰，然后像平时那样进入了梦乡。早上醒来时，他只感到自己又听见了那番关于宝藏的话。这回，那人向他描述了财宝的模样，催促他赶快到巴格达去挖宝，不然，不配得到这宝藏的人有可能比他先到一步。

樵夫开始认真琢磨起这个梦来。由于担心别人会在他之前抢走这份本属于他的财宝，他没有将这件事告诉任何人。

贪婪和期盼来回折腾着樵夫，使他终于下定决心去巴格达一趟。也许他能找到这个宝藏，那样他就再也不用干这种既辛苦又仅能糊口的活儿了。

樵夫卖掉了自己的驴，开始收拾出门的行装。他妻子看见他如此不同寻常的举动，便问道："孩儿他爹，你把驴卖了，以后还过不过了？”

“我已经厌倦了这种既累人又没有赚头的活儿了。我决定出门去寻找生计，也许真主会在他的许多门里为我们打开其中的一扇大门。”

于是，妻子祝他马到成功，并平安回到她的身边。

樵夫找到了一支前往巴格达的商队。他从卖驴子的钱中拿出一部分留给妻子，便带着剩余的钱随商队出发了。

商队在一天夜里到达巴格达。樵夫找到一座清真寺过夜。

第二天一大清早，他便起身到一家饭馆吃了早饭，然后开始寻找巴格达的东城门，直至找到它——就是他在梦中所见的样子。他仔细研究了整个现场，确定了宝藏所在之处，心想：“如何在人来人往的情形之下挖城门？或许衙门会来人制止我；或许当地人会来问我、为难我，或者要求共享宝藏，或者向衙门告发我——这都是有可能发生的事。”

那么该怎么办？樵夫在心里琢磨着该如何避免这些可能发生的事情。终于，他找到了一条两全其美的途径——在埋藏财宝的地面上搭一个小屋子，既可以住，又可以用来掩人耳目。对，就这么办！

于是，樵夫开始动手搭建小屋子。竖几根木头，在顶上搭一个棚，四周用薄铁皮和木材围住后，屋子就算盖好了。白天，樵夫去任何一个能找着活儿的地方挣口饭吃，晚上回小屋子里睡觉。不久，人们便对小屋子和樵夫的存在习以为常了，没人再去多注意一眼。这之后，樵夫开始考虑起他来这里的真正目的，于是买了一些挖掘的工具，藏在小屋子里，每当夜深人静时就开始挖地。挖到一米半深时，没找到什么东西；又挖了二十五厘米，还是没发现什么；一直挖到两米深，仍然未见财宝的半点影子。樵夫心想：财宝会不会藏在坑的某个角落？于是他将坑越挖越大，几乎占据了小房子的整个地面。尽管如此，还是没发现财宝的半点蛛丝马迹。

樵夫感到十分失望，同时对自己的所作所为感到懊悔，责备自己怎么能将幻想当真，并为之费尽心机！他将大坑填平，走出屋子，忧愁和失望像大虫子一样咬噬着他的心……他来到集上闲逛，看见有卖葡萄的，便买了一串，想找个地方吃，可不知上哪儿吃去。他是再也不想看见那个让他大失所望、让努力终成泡影的小屋了了！他决定揣着这串葡萄到清真寺里吃，而后做礼拜——或许做礼拜和与人谈心能排遣他的一些烦恼。

逛着逛着，他看见一座大清真寺，便走了进去，发现里面只有一位老者在一边打盹。樵夫心想："我为何不到这位老者身边，和他一同吃这串大葡萄，然后同他讲讲我失败的经历？也许他能给我说一些有趣的事，帮我消消愁。"他觉得这是一个好主意，便向老者走去，问了个好。老者回问个好，并挺起身子坐着。樵夫在他身边坐下，从怀里拿出葡萄，放在中间，请他吃。老者伸手摘了一颗葡萄。于是，两人边吃边攀谈起来。

“看起来你是个异乡人,请问从何处来?谋何种生计?”老者问樵夫。

“我从内志来,来此地是为了一场梦。”

“什么梦?”老者又问。

“一场连续做了三个晚上的梦。梦中有人对我说:‘到巴格达去,在东城门下挖个坑!’他给我确定了地点后,又对我说,‘你将在此地发现宝藏。’于是,希望驱使我来到了巴格达,在梦中所见的地方挖了个大坑,但是没找到任何东西。我非常失望,因为既浪费了时间,怠慢了家人,又耽误了活儿,所以现在心里很烦恼。这种烦恼时刻伴随着我,让我无法入眠。”

老者就说:“你呀,是一个生活在幻想中的人,喜欢把梦当真,好追求空气中的财富。你经历的这些,我也曾经历过,只是我没像你那样冲动,也没像你那样去冒险。”

“您都经历了些什么事?”樵夫连忙问道,“能否和我说说?或许能让我找到一丝安慰。”

于是,老者继续说下去:“以前,我也曾梦见一个人把我唤醒,对我说:‘到阿西格去!在某某人家中拴驴子的地底下有财宝,快去找!’”

奇怪的是,老者说的阿西格正是樵夫的家乡,他说的某某人的姓名正是樵夫本人,他所描述的家也正是樵夫的家!

“我睡醒后,”老者接着说,“梦中的这些话清晰地印在我的脑海里，仿佛我就是说话者本人。但是我没有理会它。后来，这个梦又重复了好几次，但我依然没把它当回事。你想想，我在哪，而阿西格在哪，我如何才能在遥远的内志中部找到它？我又如何能在一个尚健在的人家中挖宝？再说，即便我挖到了财宝，能够逃得过当地人的追讨吗？逃过了当地人的追讨，又能够逃过沙漠强盗的魔掌吗？沙漠里可遍地都是强盗啊……"

樵夫觉得自己似乎领会了老者的这番话，不再那么心烦意乱了，心里又生起了一线希望：看来，自己的努力并没有白费。这不，在巴格达城门下错过的一切竟然将在自己家的驴厩中寻到。

葡萄吃完了，樵夫告别了老者，想尽快回老家。他找到一支前往内志的商队，便随之一起回到了家乡。妻子早已在家等候，兴高采烈地给他接风洗尘，巴望他从这次长途旅行中带回许多好东西。当发现丈夫一无所有时她深受打击，她原本是期盼他满载钱财、食品和礼物而归的。

樵夫明显地感觉到妻子的冷淡。他本应去化解这种冷淡情绪，然而他非但没有这样做，还有心将其进一步升级为一种对立，好让妻子主动要求将自己送回娘家。原因是，樵夫认为财宝的事应该成为一个不透风的秘密，否则会引来不少的贪心者和嫉妒者。他深信女人是守不住秘密的，因为她们根本不具备保守秘密的能力。沙漠里的人觉得这似乎是一个亘古不变的真理。

因此，樵夫有心要激怒妻子。妻子也终于要求把自己送回娘家。他自然欢迎这种想法，很快就答应了妻子的要求，将她送回娘家。

“她生我的气，”他对岳父说，“我会让她高兴的，但不是现在。先随她去吧！等到她的气消了，就自然会想念夫家。女人嘛，总是这样，心平气和之后念起夫家的好，就会回到丈夫身边的。”

然后，樵夫回到自己的家中，把拴毛驴的那块地清理干净，就开始挖。和上回不同，这回他选择在白天挖地，好让自己的一举一动混进白日的喧闹、嘈杂中。倘若在夜深人静时挖，声音会随着微风传出去，容易引起别人的注意。

他就这么使劲挖着。每回，他都希望自己的锄头尖能触到财宝之类的东西，然而挖了很长时间，还是没发现什么。忧愁又开始袭上心头，不过这回还有希望，因为他仅仅挖了大约一米……终于，有一次，他用锄头敲出了一点灰。这可是一个好兆头！因为从前，或许人们认为灰能防止财宝和装财宝的匣子被腐蚀，便习惯在埋财宝时用灰团住。所以，当发现灰后，樵夫心中的希望重被燃起，干活也更加有劲了……几分钟后，他终于发现了财宝！财宝藏在一个大锅里，被一个大盖子严严实实地盖住，锅的中间是各种金银物品。

樵夫看见这么多的金银财宝时，又吃惊又兴奋，可谓是百感交集——期待、担忧，甚至恐惧。他已经找到了财宝，但是他担心自己将来会因此招来灾祸。他将锄头抛至一旁，伸直了身子，躺在地上，思绪万千，浮想联翩。在他的想象中，未来的生活一会儿是天堂，一会儿又充满了盗贼、嫉妒者、竞争者和叛徒……小憩之后，他起身将锅四周的土刨了一遍，一直刨到见了锅底。他试着挪了挪锅，锅动了一下。他想把锅挪出坑，抱到地面上，可里头的金银实在太沉了，他抱不动。最后，他决定把锅里的财宝和锅本身分几次挪出，再把财宝放回锅中。

现在，财宝已经见天日了。樵夫想找个不起眼的暗处将整个锅藏起来，找了半天，觉得那个又窄又暗又脏的小梯间正合适——没有人会进去，更没有人会到里面去找什么好东西。

将财宝藏好后，樵夫回来把坑填平，再在上面盖上原先清走的驴粪和饲料残渣，直到那地方恢复原样，不会有人去注意它，也不会有人想到这块地曾被挖过，并且挖出的是财宝——垃圾和粪便下藏着的财宝。

樵夫的脑子开始整日围着这些财宝转。他想，将财宝这么搁置在地面上不是个办法，迟早会被人发现，那怎么办呢？没有比将它重新埋入地底下更好的办法了，当然，要在他拿出够一年花费的钱财之后。对！这绝对是个保证财宝安全的好办法。

樵夫又开始挖坑，但他想这回挖的坑应该比原先的浅些，以便自己日后取东西时不会太麻烦。他觉得最合适的位置还是那块拴驴子的地方，于是又将上面的脏东西移开，挖了个将近一米深的坑，把大锅放进去，然后落土埋上。等一切恢复原样，他来到妻子的娘家，极力讨她的欢心。妻子高兴了，便随他回了家。他对妻子说:“我一定会干我的老本行，夏天伐木，冬天拾柴草。”

“我们以前就是这么生活的，用自己的汗水养活自己。既然真主给了我们健全的身体，他也将赐予我们生计。”妻子鼓励他。

樵夫买了一头驴，把它拴在原先拴驴的地方——就是埋着财宝的那块地。然而，这些财宝却让他很伤脑筋，白日里为之发愁，黑夜里更为之担忧。他害怕该诅咒的魔鬼将财宝的事暗示给一些爱冒险的人，说不定他们在某个白天或者某个黑夜就会来把财宝挖走。这些想法经常让他从梦中惊醒，醒后再也睡不着觉。若他是在沙漠里砍柴时想起这些，他便会拾掇起或多或少的柴火，火速赶回家，直到看见拴毛驴的那块地安然无恙，忐忑不安的心才会有些许平静。

就这样，樵夫忧心忡忡地过了几年。每年，当手里的钱用完时，他便将妻子打发回娘家或出去干点别的什么事，而他则在家挖宝，取出一年用的钱财。每回他都只取一点点，他要将大部分财宝留着，以备灾荒和不测。

大多数时候，樵夫都表现出生病的样子，佯称身体各处感觉莫名其妙的疼痛，间或服用的药物是治不好这些病痛的。于是人们就纳闷，成天病恹恹、很少干活的樵夫是靠什么生活的？从他妻子的穿戴中体现出的钱是从哪来的？从他自己的仪表中体现出的钱又是从哪来的？人们始终在问，但始终找不到答案，于是便有了种种不着边际的假设和猜测。

至于樵夫，由于老是装病，老是沉默不语，终于真的病倒了，再也不能干任何体力活了。他平日里所干的那些极少量的活都有自己的特殊目的，除了一些家事，就是精心照料他的驴——村里没有一头驴能得到他的驴所得到的哪怕十分之一的照料。人们很纳闷这头驴为何会得到如此高的礼遇，他们哪里知道，他这样做，完全是为了驴蹄下踩着的财宝！

樵夫就这样过着日子，直至疾病缠身，忧虑绕心。他的病越重，年纪越大，就越是对自己和妻子吝啬苛刻，越是努力保守财宝的秘密。樵夫已经病入膏肓了。他越发担心那些财宝，并打定主意：不到最后一口气时，决不告诉妻子。

弥留之际终于来了。然而樵夫依然认为自己的大限未到，那实际已是死亡前的痛苦在他看来不过是疾病的阵发，不久便会云消雾散。但是病痛越来越严重，最后，樵夫连话也说不出来了。当他终于意识到自己即将离开人世时，他想将财宝的秘密告诉妻子，然而已经不可能了——他的舌头动不了，也没有力气做手势了。他很不情愿地死去了，在他的内心，依然不想让妻子知道财宝的秘密。

就这样，财宝无情地弃樵夫而去。樵夫只小心翼翼地用了其中微不足道的一丁点儿，却耗尽了远比自己的所得多得多的精力和健康。

猎人和羽帽女郎

从前有一个猎人，叫穆巴拉克。他每天都到野外去，翻山越岭地寻找猎物。打猎是他的生活来源，也是他唯一的嗜好。有时，他能打到许多猎物；有时，却一个也打不着。他的打猎工具是一把锐利的弓箭，瞄准猎物时几乎箭无虚发。穆巴拉克很满足于自己的生活，打不着猎物时从不怨天尤人，顺利时也从不得意扬扬，胡乱浪费食物，而是将吃剩的肉晒干，留着日后防饥。因为他住的那一带经常有兔子和羚羊出没，所以他打的大多是这两种动物。

一天，穆巴拉克去野外打猎，没发现什么猎物。太阳都快落山了，他还是两手空空，不禁有些着急。他走着走着，来到山脚一汪清澈的水塘前。水塘被一堆排列紧密的岩石包围着，所以塘里的水不易流失。塘水又深又清，一年四季都不会干涸。尽管池塘有这么多的优点，可是当地人似乎并不知道这个地方，也没有人来此嬉戏或汲水。穆巴拉克是知道这个池塘的，而且常来。这天，他在离池塘不远的地方找了一个岩洞，隐蔽在里面，希望会有野兽来此饮水。可是等了许久，猎物仍未出现，穆巴拉克有些失望。就在他等得几乎打起瞌睡的时候，他突然看见三只白鸽在池塘的上空盘旋，接着缓缓向地面降落。穆巴拉克屏住呼吸，身子纹丝不动——谁看见他都会以为他是一块石头。那三只鸽子越来越靠近地面……最后，它们降落在池塘边的一块大岩石上，站在上面左顾右盼，观察周围的动静。结果，它们没发现什么。

此时，穆巴拉克已备好弓箭，正想瞄准射击。就在这当儿，三只鸽子神奇地变成了三位美丽的姑娘，不！是三位美貌绝伦的仙子。穆巴拉克惊呆了，这般突如其来的变化、这般绝妙无比的美，让他的心不禁为之一颤。他收回弓箭，呆呆地注视着眼前的一切，心想："要是我能得到她们中的一个，那该有多好啊！"

三只鸽子，确切地说，三位姑娘各自脱下了外衣，把它们放在附近的岩洞中。接着，她们又脱下头上的羽帽，放在各自的衣服上。穆巴拉克注意到，她们仿佛很珍视自己的帽子，不仅将它们放在伸手就够得着的地方，而且动作是那样小心翼翼。穆巴拉克把目光集中到其中的一位姑娘身上，弄清了她放帽子和衣服的位置。

姑娘们来到池塘边。有一位先跳入水中，在水面上仰着身子浮了一会儿，便开始游起泳来，还不时变换着泳姿。其他两个伙伴随即也下了水。她们在水里玩着各种花样的游戏，毫无疲惫之意。穆巴拉克一直呆呆地站在原地，眼前这种神奇的景象几乎快把他融化了。然后，他猛地恍过神来，提醒自己，千万别错过了时机，否则后悔都来不及了。于是,他蹑手蹑脚地向她们放衣服的地方走去,心怦怦直跳,担心被她们看见。要是她们觉察到他的行动,穿上衣服飞走,那他的计划就失败了。

别看放衣服的地方并不远,但穆巴拉克着实费了一番工夫才来到近前。他拿起一顶帽子——那是最令他心醉的那位姑娘的帽子,然后沿着原路小心返回,将帽子藏在岩洞内。他又怕帽子有什么魔力,会自动飞回主人的身边,就用几块大石头把洞口堵住。在采取了诸多防范措施之后,他直起身子,忐忑不安地朝姑娘们走去,边走边想:“她们必定是魔女！不然,她们是不会飞的。”

穆巴拉克对魔术有一种恐惧心,因为他自小便听说了不少关于魔术迷乱人心的传奇故事。然而,此时,对爱情的渴望驱使着他去冒这个险,况且他生来就喜爱冒险。无疑,眼前这个美丽的姑娘是值得他去冒这样的险的。这种想法使他的步履坚定起来。

三个姑娘见有人朝她们走来,便迅速游上岸,向她们的衣服跑去。眨眼间,其中的两个姑娘就戴上帽子,穿好衣服,向空中飞去。

当两位同伴已在空中盘旋的时候,第三位姑娘还在找自己的帽子,可怎么也找不到。此时,那个男人已经走到近旁。她害怕起来,意识到自己已经落入这个男人的手中。靠双脚逃走是没有希望的,因为这个男人肯定比她走得快,比她更善于在沙漠里步行。可帽子丢了,已经无法起飞,怎么办？看来只有顺从了。

男人来到身旁,脱下自己的一件衣服,裹住姑娘的身体,然后挽着她的手向附近的岩洞走去。两个同伴在他俩的头顶上盘旋了一阵,期盼着姑娘能飞起来。当发现可怜的姑娘已经成了那男人的俘虏后,她们心里很悲伤,想帮她摆脱困境。最后,她们意识到自己是爱莫能助的。为了不让那男人再伤害到她们,只好先逃命了。就这样,两只鸽子丢下了亲爱的同伴,飞回故乡去了。

穆巴拉克和姑娘说开了话。

“你们是精灵,还是人?”他问。

姑娘说,她们是人。她讲了自己的家乡和亲人的一些情况——他们是如何生活、如何相互交往的。穆巴拉克问她的姓名,她说自己叫赛勒玛。

天马上就要黑了。穆巴拉克给姑娘穿上草鞋,自己赤着脚。两人一同向镇里走去,半夜时分到了家。家里只有穆巴拉克的母亲一人。由于儿子没有像平时那样按时归来,她正为他牵肠挂肚,担心他在打猎时遇到猛兽的袭击,或者别的什么不测。儿子没到家,母亲梦魇般的忧虑是不会消失的。当穆巴拉克敲门时,母亲就守候在门边。她连忙起身开门,看见儿子的身影后,心中一块石头才算落了地。但她发现随同儿子回来的还有一个人,黑暗处也辨不清是谁。正在纳闷之时,那人已进了屋。借着油灯的光亮,母亲看到了一副年轻姑娘的漂亮面孔,不禁又是惊讶,又是喜爱,忙不迭地问儿子她是谁。穆巴拉克向母亲讲述了姑娘的故事。

“您帮我照看着赛勒玛,”他说,“我要去法官那儿,请教一下他对此事的意见。”

穆巴拉克让赛勒玛睡在母亲的房里，而他则像往常那样，回自己的房里睡觉。第二天一早，穆巴拉克就跑到法官那里，询问他的意见，并说自己想娶赛勒玛为妻。法官说，如果她愿意，他可以同她结婚。于是，穆巴拉克马不停蹄地跑回家，急切地问道：“赛勒玛，我愿意依照真主和他的使者的法律娶你为妻，你同意吗？”

问这话时，穆巴拉克心里惴惴不安，生怕遭到赛勒玛的拒绝。但是，穆巴拉克是个长相英俊、身体健壮、心地善良、品德高尚的青年，自赛勒玛被俘虏的那一刻起，他就一直对她彬彬有礼。他陪伴她走了一路，毫无侵犯之意。现在，他提出按照真主及其使者的法律同她结合，赛勒玛会有什么意见呢？也许他正是她寻找了多年而未找到的理想丈夫。

赛勒玛点了点头，表示同意。穆巴拉克大喜，连忙请母亲帮她梳洗穿戴，好和他一道去法官那儿。母亲为赛勒玛准备完毕后，穆巴拉克带着她一同去见法官，随行的还有两个证人。众人一起来到法官那儿。法官询问了赛勒玛对婚事的意见，赛勒玛表示愿意同穆巴拉克结为夫妻。

穆巴拉克和赛勒玛举行了婚礼。由于新娘一方的亲属对此事一无所知，参加庆祝仪式的只有新郎一方的亲属。尽管如此，婚礼依然很热闹。

从此，穆巴拉克和赛勒玛恩恩爱爱，过起了幸福的生活。有时，彼此间也会发生一些小争执。这没有什么奇怪的，因为两人原来的生活环境不同，性格更有所不同。可贵的是，夫妻双方都尽力去化解争执，并尽量从各方面去适应自己的生活伴侣。穆巴拉克尤其如此，他对赛勒玛非常宽容，想尽一切办法让她生活舒适，并用关爱去抚慰她那颗思乡的心。赛勒玛回报穆巴拉克的是同等的爱。当他们出现分歧时，是爱使他们很快又取得一致。总之，穆巴拉克和赛勒玛婚后的生活相当幸福美满。

一年后，赛勒玛生了一个儿子，取名赛利姆。孩子出生后，穆巴拉克便放心了。他觉得孩子将把他和赛勒玛更加牢固地拴在一起，使他们的婚姻生活更加经得住各种考验。赛勒玛则将所有的关爱都倾注到儿子赛利姆的身上，但这并不意味着她就因此而忽视丈夫。只是，儿子的诞生确实给她带来了一种前所未有的幸福和欢乐，使她觉得生活更加有奔头。

第三年，赛勒玛又生了一个女儿，取名赛勒娲。孩子们给家庭带来了无限的生机和活力。这回，穆巴拉克心想："我的爱，加上两个孩子的爱，将足以使赛勒玛不再思念她的故乡和亲人。她将和我们永远生活在一起，直到生命终结。"他相信如此，也期望如此。

不管怎样，我们的主人公的家庭生活一如既往地进行着——平静而和谐。穆巴拉克依然每天到野外去打猎，捕回适于食用的动物。倘若猎物是活的，他便拿到集上去卖，再用得来的钱买一些家里所需的物品。有些时候，穆巴拉克出外打猎前，赛勒玛会开玩笑地对丈夫说:“给我们多打回一些好吃的,除了一样东西你是不能靠近的——鸽子。”

穆巴拉克笑了,因为妻子的话里除了爱,没有别的意思。

“我发誓,”他回答说,“为了向我捕的第一只鸽子表示敬重,我已经禁止自己再打鸽子了。”

赛勒玛也乐了,调侃道:“我担心的是,你若看见一只比原先那只鸽子更美丽的鸽子,就会为之神魂颠倒,忘掉了自己的誓言,什么承诺啊,旧情啊,早已抛到九霄云外去了。”

“我很知足于真主所赐予的一切,”穆巴拉克认真地回答道,“我的心里已装满了爱,再也装不下别的爱了。我打下的第一只鸽子确确实实是第一只,也是最后的一只鸽子。请相信我的话,它是我的承诺和誓言,是我情感的真实表达。”

赛勒玛又乐了:“那么,带着真主赐予的平安去吧,再带着真主赐予的平安回来!”

穆巴拉克很喜欢类似这样的调侃。它表达了妻子内心所想。从中,他体会到了妻子对自己的爱。

一天,穆巴拉克打猎归来,两手空空,一无所获。由于久旱无雨,地都干了,那些强壮的动物就迁往水草丰盛的地方去了,留下弱小的动物互相残杀,侥幸活下来的,也依然逃不过沙漠中持续干旱带来的灭亡的厄运。靠打猎不能再维持生活了,穆巴拉克只好琢磨别的生计。他决定出远门去谋生,并开始打点行装。他将自己的想法告诉了妻子和母亲，她们祝愿他一路平安，满载而归。

穆巴拉克最担心的就是自己走后，那顶羽帽该如何处置。他一直将那顶羽帽放在一个特别上了锁的箱子里，并将钥匙揣在自己身上。他做好出门的决定后，便把母亲叫到一旁，告诉她羽帽的故事，最后交代她说："假如赛勒玛知道了羽帽藏在何处，就会想办法去拿；假如她拿到了，就会飞回故乡和亲人那里。您知道，赛勒玛是我的生命，没有她，我也就不想活了。所以我把装羽帽的箱子和钥匙交给您，您一定要把箱子藏好，拿好钥匙，千万别让赛勒玛知道。"

母亲答应了穆巴拉克的要求，表示自己一定不辜负儿子的信任和期望，好好保管钥匙，收藏箱子，不让赛勒玛知道。穆巴拉克又对母亲强调了好几遍。

"总之，你放心吧，儿子！你怎么好像怀疑我对你的爱和我保守秘密的能力？我爱你，儿子！我一定会守口如瓶。带着真主的祝福去吧！对家里的事你尽可放心。"母亲说道。

于是，穆巴拉克告别了母亲、妻子和孩子们，离开了家乡，到真主的辽阔大地上去寻找主的恩惠。他的行程漫漫，归期遥遥。在家里，穆巴拉克的母亲想尽一切办法让赛勒玛高兴，为她消除因丈夫不在而感到的空虚。碰上什么晚会或娱乐场合，她总是和赛勒玛一同前去。赛勒玛又是品行高尚、有教养的妇女，谁见了都喜欢她、尊敬她，乐意同她聊天。久而久之，她便成了上流社会中的一颗新星。

婆媳俩就这么过着日子。有一次，赛勒玛借着一个恰当的场合，随口向婆婆问起羽帽的事。穆巴拉克的母亲没有明确地回答她，但赛勒玛从一些话语中猜到了羽帽被锁在一个箱子里，由婆婆保管着钥匙，同时保守着这个秘密，不让任何人知道。赛勒玛沉默下来，没有强求婆婆说更多的话，以后也再没有提起羽帽的事，担心婆婆起疑心，那样就没有希望拿到羽帽了。她只是想让事情顺其自然，在平常中寻找合适的时机。于是，赛勒玛照旧过着日子，为家庭和孩子们忙碌操劳着。婆婆对她十分满意，也对她十分放心。

不久，素丹夫人要开一个盛大的晚会，亲自向赛勒玛婆媳俩发出邀请。这份邀请非同一般。赛勒玛婆媳俩在上流社会中已有一定的声名，如果像这样的晚会都不去参加，就会让人产生不好的看法，对家庭是很不利的。因此，赛勒玛婆媳俩赶忙着手准备出席晚会的事宜。她们定做了新衣，备齐了化妆品和首饰，以及出席这种隆重场合所需的东西……终于到了举行晚会的那天晚上。女嘉宾们个个身着最华丽的服装、佩戴最漂亮的首饰款款而至，赛勒玛婆媳俩就在其中。并且，她们将两个孩子也带来了。

晚会开始了。那确实是一场精彩的晚会，处处体现了大方、隆重和高雅的品位。每位女嘉宾都为晚会献了艺，表演自己最拿手的歌舞。轮到赛勒玛时，她表演了一段精彩的舞蹈，吸引了在座的每一位观众。大家鼓掌欢呼，要求赛勒玛再来一段。掌声和欢呼声经久不息。素丹夫人自始至终观赏了这段舞蹈，几乎为之折服。她将赛勒玛唤至跟前，和赛勒玛握了握手，脸上流露出高兴和欣赏的表情。她感谢赛勒玛的表演，接着说道："来宾们要求你再表演一段。我们知道跳这样的舞需费一番工夫，如果你能再表演一段或两段，我会很高兴，并且会很感谢你对这场我们要使之流芳百世的晚会所做的贡献。"

"遵命，夫人！"赛勒玛回答，"在这场晚会上表演是我无上的荣耀，这还要感谢您对我的恩惠，所以我时刻准备满足您的要求。为了使我的表演更加完美，我想告诉您，尊贵的夫人，我有一顶羽帽在婆婆那儿，是我丈夫嘱咐她收藏起来的。您若能让她把羽帽交给我，我可以戴着羽帽跳舞，然后再还给她。我准备为您跳一段更新的、更精彩的舞蹈。如果您同意，请允许我下去和婆婆先商量一下。"

"我同意，快去商量吧！一会儿我会请你们来，由我来给这件事做主。"素丹夫人说道。

于是，赛勒玛来到婆婆身边，告诉她，素丹夫人要求自己跳一段只有戴着羽帽才能表演的舞蹈。

"我已请夫人原谅，"赛勒玛解释说，"但夫人一再要求。如果您能说服她，别再让我表演，我会很高兴的。因为我已经跳够了，不想再跳了。"

就在这当儿，素丹夫人派人来了，请赛勒玛婆媳俩一同前去晋见。素丹夫人开口对赛勒玛的婆婆说道："我想让赛勒玛给我们跳一段羽帽舞，但她推托了，原因是羽帽不在她那里。所以我要求你，亲爱的婆婆，把羽帽给她。她表演完后会还给你的。"

赛勒玛的婆婆连忙请夫人原谅，因为这顶羽帽是她儿子寄存在她那儿的，儿子曾一再强调，无论在什么情况下，都不要将羽帽交给赛勒玛。

"把羽帽交给我，我负责把它还给你。我希望我们别在这种毫无用处的争论上浪费时间了。我可以对一切负责，若这样做有什么不良后果，我保证赔偿。就这么办！"素丹夫人说。

赛勒玛的婆婆一看已经没有推托的余地，便回家取了羽帽，交给素丹夫人。素丹夫人又亲手将羽帽交给赛勒玛。赛勒玛戴上久违了的羽帽，走向舞台，兴奋得都要飞起来。

赛勒玛表演了一段异彩纷呈的舞蹈。所有的来宾都看呆了，为她久久地鼓掌。当她跳完后，来宾们要求她再跳一遍。但她走到素丹夫人面前，说自己还有一段比这更精彩的舞蹈，需要把孩子们带上来表演。于是，素丹夫人将祖孙三人叫来，让两个孩子跟着妈妈上舞台。

孩子们来到赛勒玛的身边。赛勒玛开始表演舞蹈，跳着跳着，便将一个孩子置于右手旁，另一个孩子置于左手旁，然后继续跳。场上所有的人都陶醉了，没有注意到赛勒玛的双脚已经有些离地。

即使注意到了，也以为这是舞蹈的一部分。然而，赛勒玛不断上升，一直升到墙柱的最高处，而后站在上面。观众们看呆了，几乎不敢相信自己的眼睛……

“婆婆，我要飞回我的父母身边去了。”赛勒玛高声说道，“如果我丈夫依然要我做他妻子，就让他到香花岛来找我。”

她接着嘱咐婆婆：“请向穆巴拉克转达我的谢意！他是一个慷慨、高尚的人。我在他身边生活的这段时间里感到很幸福。对我来说，他既是忠实的丈夫，又是父亲、母亲。”

说完这番话，赛勒玛带着孩子们在空中盘旋了一阵，然后飞走了。在场的所有人目不转睛地望着他们，异常惊讶。此后，赛勒玛带着孩子飞走便成了镇里人津津乐道的一个热门话题，确切地说，人们所讨论的是一个奇异的神话。

再说，穆巴拉克的母亲眼睁睁地看着赛勒玛和孩子们飞走，心都碎了。她悲伤地回到家中，不知一旦儿子旅途归来，自己该如何面对，也不知该如何向他解释自己完全违背了他的叮咛的行为。灾难使她失去了理智，心里像一团乱麻，她不知道该做些什么、想些什么、说些什么，所以她只好让时间来处理一切。也许，随着时间的流逝，她的心绪会平静下来，会想出一个为自己辩解的理由。

日子又一天天地过去，穆巴拉克终于回家了。一路上，他的心为思念和渴望所折磨，因为他就要见到自己忠实的妻子、可爱的孩子和慈祥的母亲了。然而，他刚一进门，就发现家里异常冷清，没有一点生气。他好容易才找到老母亲——那个自出事后明显老了十岁的可怜的老人。

他心急如焚地问母亲:“赛勒玛和孩子们呢,亲爱的妈妈?”

“放下行囊,到这儿来,儿子!让我告诉你一切。”母亲缓缓地说道。

穆巴拉克更加担忧了,心里做着各种各样的猜测:到底发生了什么事?还能弥补吗?是什么原因引起的?他真的不知道。他忐忑不安地放下行囊,来到母亲身边。

母亲将赛勒玛带着孩子出走的事一五一十地讲给儿子听。穆巴拉克听后如五雷轰顶。然而,他终于克制住了自己,说道:“她们是属于真主的,终归要回到真主那儿……我所担心的事终于还是发生了,责备任何人都是没有用的。”

他回到房内,心里却不断地在责备自己。是自己把秘密和如此重要的东西委托给了没有能力去承受这一切的母亲,因此,最该责备的只有自己。然后,他开始琢磨赛勒玛留下的嘱咐——她在临走时对母亲所说的话,心绪才得到少许平静。他分析的结果是:赛勒玛不是因为厌恶和憎恨自己才出走的。这只是女人的天性——让她的骑士去追寻她,并且经受一些磨难,好明白她不是一件轻而易举就能到手的“便宜货”,而是珍贵的爱人,只有不惜付出才能得到。当赛勒玛最初来到他的家乡时,他是不经意遇上她的,并且多少是用强迫的手段得到了她。所以他现在应该特意长途跋涉地去追寻她，在得到她的过程中经受磨难。这将还给她一些尊严，让她觉得自己的确是他所爱的、所追求的女人。

刚回到家，看来又要远行了——不管付出多少的时间、金钱和精力。失去了赛勒玛，对穆巴拉克而言，家是那样的无聊，故乡是那样的陌生。既然事已至此，还不如打点行装去香花岛呢！他在外漂泊时曾听说过香花岛，只是不知它确切的位置，也不知离此地有多远。然而，所有这些难题并不能挫伤他的勇气，击垮他的决心。远行、远行——这个声音在他的内心不断回响着，并充斥了他全身的每个细胞。远行成了他朝思暮想的唯一的事情。他开始准备出门所需的东西，尤其准备了一些轻便的物品。等将这一切收拾好后，他又开始给母亲预备舒适的生活。他雇了个女仆，照顾母亲的饮食起居，然后将母亲和女仆所需的开销寄存在一位熟悉的商人那里。因为他不知道这次出门是长是短，也不知道自己是将平安归来，还是将命丧旅途。

然后，他扛起行囊，开始日夜兼程地赶路，不到人困马乏的时候决不歇息。在马不停蹄地赶了几天后，他来到一座陆地边上的城市，前面便是一望无际的汪洋大海。于是，他将行囊中不再需要的东西卖掉，便在一家客栈住下了。

穆巴拉克开始成天往集上跑，观察过往行人的面相。当他发现一个看似善良且经验老到的商人时，他就坐到商人身边去，对商人进行自我介绍:“我是一个外乡人,要去香花岛看望我的堂弟,他在那里居住。可是,我不知道通往香花岛的路,也不知道如何才能到那儿。”

商人将穆巴拉克从头到脚地打量了一遍。

“孩子!”他说,“这香花岛啊,可离我们不近,中间有波涛汹涌的大海阻隔着,去那儿旅行是一件非常危险的事。由于害怕海上的风险,船大都不往那儿去了。你剩下的唯一希望,就是那些为利所驱使而不惜铤而走险去那个岛的船只。我可以帮你乘上这样的首航船,但你要知道,在到达目的地之前,你将在船上待两三个月。这得根据风速和风向而定。”

穆巴拉克告诉商人,他住在某某客栈,他会每天去拜访商人,了解船的事。他请求商人,如果发现有船前往香花岛,务必让他知道。

于是,穆巴拉克天天去商人那儿打听消息。就这样,又过了好长一段时间,直到有一天,商人告诉他有船前往香花岛。

“这是船票,”商人说,“船将在今晚起航。你必须整理好行装,在日落前上船。”

穆巴拉克连忙赶回客栈,收拾好东西,和店主结了账,而后迅速赶到那条船上。他将行囊放在一个角落,问船长旅途中需要什么,然后跑到市场上去买,买了足够的物品后,又回到船上。他精神抖擞,劲头十足,在心里祝愿着自己与爱人和孩子的距离越来越近。就是这片海把他和亲爱的妻儿无情地隔绝开的。凭着真主的许可,他和这艘船将乘风破浪,渡过汪洋大海,平安地直达目的地。

船日夜兼程地航行着。有时会出现危急的时刻,狂风大作,行船受阻,只好停下躲避。然而任何狂风险阻都不能削弱他们的意志和决心。他们在大风中穿行,在与大海的搏斗中绕过了一座又一座岛屿。因为,对他们而言,眼前只有两个选择:生或死。所以,每个船员都使出浑身解数,不达目的誓不罢休。

船已接近香花岛了。穆巴拉克的心又开始不平静了,无限的情感和希冀一并涌上心头。他的脑海里开始想象与妻子和孩子们见面的情景。妻子可能是一位国王或埃米尔的公主,或是一位富商的千金。那么,怎样才能见到她呢?他绞尽脑汁,想了许多接近妻子的途径,并从中选出最好的办法。

托真主的福,在经历了各种艰难困苦,度过了与死神相伴的每一个黑夜之后,船终于到达香花岛了。

穆巴拉克找了一家客栈住下后,便开始在城里闲逛,希望自己能寻到一些有用的信息。他一直这么搜寻了几天。直到有一天,他经过一座宫殿,听旁人说这是城里一个大商人的家。穆巴拉克的心里顿时有一种异样的感觉——父亲的和爱人的感觉,他觉得他的爱人就在这座宫殿里!

他在这座宫殿的大门前停下脚步,开始使足了劲往里看,希望自己能看见某些证实这种感觉的东西。他瞥见一个小孩在花园里玩。那孩子长得很像自己的儿子赛利姆,也许就是他！他离得很远,穆巴拉克无法进一步证实自己的猜想,但是一颗父亲的心已经在因这个孩子怦然跳动。他确实长得很像自己。但愿他再靠近些,但愿他开口说话,那样就真相大白了！

小孩离大门近了一点,穆巴拉克终于能十分清楚地看见他了。没错！他的长相和身材证明他就是赛利姆本人。穆巴拉克激动得几乎要喊出声来。就在此时,他意识到自己必须赶快离开,以免这沸腾的感情使他胆怯,让他如此唐突地出现在亲人们的面前。于是他迅速回到客栈,起伏的心潮也渐渐平静下来,化为无边的欢乐。他已经找到他们,然而如何让他们知道自己的到来？他思来想去,想了多种可能的办法,但最终也没找到一个令人满意的、能保全所有人面子的方法。

就这样又过了几日。思念之火烧灼着穆巴拉克的心怀,渴望之情折磨着他的肺腑。终于,他想出了一个办法。在这城里,他认识一个人,就是客栈的店主。他们俩挺投缘,店主很欣赏穆巴拉克,总和他说些心里话。于是,穆巴拉克将自己来此的目的告诉了店主,说现在的问题是如何让他的爱人知道他已经来了,并且就住在这个客栈里。因为,若她知道他来了,她会寻机教他见面的恰当途径。店主建议,让他的母亲去见宫殿里的人。如果她看见赛勒玛,就把穆巴拉克的消息以及住处告诉赛勒玛,并把穆巴拉克的结婚戒指交给她。赛勒玛一见戒指,就会明白一切的。

穆巴拉克同意这个做法。随后，店主的母亲成功地完成了使命，赛勒玛终于知道了她的丈夫——也是孩子们的父亲——已身在这座城市里。她心潮起伏，与爱人见面的渴望与日俱增。但见面必须有隆重的仪式，以符合自己及父亲——一个本地的大商人在城里的地位。赛勒玛将此事告诉母亲，母亲又将此事告诉了父亲，所有人都为这条消息感到高兴。赛勒玛的父亲派人到穆巴拉克那儿，让他到一个秘密地点会面。双方约定：由赛勒玛的父亲准备一艘满载货物的船；由穆巴拉克驾着它到另一个岛去，把船上所有的商品卖掉，用得来的钱买一艘私船，并装上香花岛居民所需的商品、礼物和古玩，再启程前往香花岛。

穆巴拉克完成了这一切。在准备回香花岛之前，他派使者先回去见了赛勒玛的父亲，禀告说，有一位叫穆巴拉克的商人要来香花岛，船上装满了香花岛所需的物品。赛勒玛的父亲显得对此事很重视，并转告城里所有的大商人，说这位即将到来的商人很重要，他们应热情接待他，以加强他和香花岛居民的友好关系。赛勒玛的父亲接着说："毫无疑问，我们的岛和居民们将从与这位大商人的友好关系中摘取最甜美的果实。"

商人们纷纷响应，赞同这个建议。于是，他们开始做准备，迎接穆巴拉克和他的货物。穆巴拉克到达后，发现香花岛上所有的显要都列队欢迎他，向他问好致意。于是，他也以最友好的方式回应他们的热情。赛勒玛的父亲对穆巴拉克说："你是我的贵客，我将在今晚为你举行与你的身份相称的晚会。”

穆巴拉克欣然同意。赛勒玛的父亲将城里所有的大商人和贵族显要都请来出席这个晚会。开晚会的时间到了，嘉宾们款款而至。整个晚会布置得很富丽堂皇，气氛很隆重大方。而后，城里的商人和显要们都争先恐后地为穆巴拉克举行晚会。晚会潮持续了好长一段时日，成为城里百姓的热门话题。作为这些晚会的尊贵客人，穆巴拉克成了香花岛社会中一颗闪耀的星星。

随后，穆巴拉克按照预定计划向赛勒玛求婚，得到欢迎。当地的法官来了，证人们也到了场……在香花岛居民面前，穆巴拉克和赛勒玛领取了结婚证书。当然，这个证书是形式上的，真正意义上的结婚证书早就存在，并且所有与之相关的人都已承认。从此，穆巴拉克和妻子赛勒玛，以及可爱的孩子们就永远生活在一起了。穆巴拉克和赛勒玛相亲相爱，共同度过了快乐的余生。

勇敢的骑士

从前有位国王,他有三个儿子,分别由他的阿拉伯妻子和埃塞俄比亚妻子所生。几个儿子长大后,来到父亲那儿,请求让他们结婚。国王对大儿子和二儿子说:"拿上你们的弓和箭到房顶上去。"阿拉伯女人的两个儿子便到房顶上射了箭。大儿子的箭落到了住在那座城里的一个亲王家的房顶上,他们便派人向亲王的女儿求婚,订婚后,大儿子结婚了。二儿子的箭落到了一个大臣家,他们便向大臣的女儿求婚,订婚后,在约好的日子,新娘来到了新郎家。至于小儿子,那个埃塞俄比亚女人的儿子,他离开了父亲的家去流浪。他走啊走,走了很远很远。直到他看见了一头狮子,狮子叫他,对他说:"孩子,到我这儿来,别害怕,我绝不会伤害你。来吧,帮帮我!"原来那头狮子的脚受伤了,它抬起脚给这个年轻人看,对他说:"别怕,我不会伤害你。治治我的脚,我会让你富裕。"年轻人站住了,他用手抓着狮子的脚,发现里面有根刺。他把刺拔出来,伤口好了,不痛了。狮子对王子说:"拔下我的三根毛发,如果你遭遇困难,把它们搓在一块儿。”说完,狮子跑到沙漠中去了。年轻人很快拿起三根毛发,搓到一起,立刻出现了三个精灵,对他说:“要求吧,许愿吧,你想要什么?”年轻人说:“我想要匹小飞马。”立刻,一匹小马站在他面前。他又为马要了鞍,为自己要了衣服,多神气啊!马有着漂亮的鞍,年轻人又穿着华丽的衣服!他骑到马背上,赶着马腾空而起,来到了一座城边。他遇到了一个牧羊人,向他买了只羊,宰了后把羊肚皮放在自己头上,看起来就像个秃子。他用羊肠子把羊肚皮系好,化装成这副样子后,他进了城,来到了王宫旁的一个花园里。他走到花匠跟前,问花匠是否愿意让他一块儿干活。他没有要工钱,花匠便把他留下,让他在花园里干活。年轻人和花匠住在一块儿,王宫的窗户朝着花园。有一天,小公主朝花园看时,看见一个俊美的青年,穿着华丽的衣服,骑着一匹漂亮的马。那个年轻人,在他看见公主时,捻了三根毛发,于是便对公主展示了他的俊美。公主一见他便喜欢上了,眼里流露出渴望。

这儿的国王有三个女儿未嫁。有一天她们把头探出窗户,对花匠说:“你给我们找条出路,跟国王说说我们的事儿。我们该结婚了,你应该到国王那儿去,告诉他我们已到了结婚的年龄。”花匠对她们说:“我只是个花匠,我不会跟国王说话,不过我可以替你们传信。”

花匠拿了三个西瓜,第一个已经远远过了成熟期,第二个过了一点，第三个正好熟。他把三个西瓜放在一个篮子里，送到了国王那儿。国王知道花匠给他送来了几个西瓜，掀起篮盖一看，发现一个已经熟过了头，第二个也有些熟过了，只有第三个正合适吃。他生气了，说："花匠怎么从我的花园里给我送来这样的西瓜？"他命令砍了花匠的头。可跟他在一块儿的大臣对他说："国王，别这么做。花匠给您送来的这几个西瓜，背后有含义呢。陛下您有三个女儿，她们应该结婚了。她们像这三个西瓜，已经错过了结婚的时间，您应该为她们找丈夫了。这就是三个西瓜的含义，您的花匠没敢说出来！"国王息怒了，立刻派人到三个女儿那儿，给她们一人一个苹果，命令她们扔到她们选中的男人那儿。大女儿先挑选。她坐在窗口，国王命令所有未结婚的男子从她窗下过，好让她挑选一个。城里的男人便被召集起来，从她前面过：亲王、头领、富翁、大臣、商人。大公主把苹果扔给了一个亲王的儿子，大伙拍手！之后他们便订了婚，七天之内办完了婚礼。第二个星期，二公主坐在窗口，用同样的方法挑选。她把苹果扔给了一个大臣的儿子，大伙拍手。她跟她姐姐一样，一周内完婚了。

轮到小妹了，她也坐在窗前，王储、大臣、头领、副头领、富人、商人等都从她窗下走过，可她没向任何人扔苹果。第二天队伍继续走，她同样没扔苹果。第三天又是这样。妇女们走来对她说："巴格达所有未婚男子都从你面前走过了，从他们中选一个吧，没有别的人了。"她说："我不向他们中的任何人扔苹果。因为还有一个人没走过。我到现在还没有看见花匠的帮工。”她们对她说：“花匠的帮工又脏又秃又瘸，他是个穷人，干活没工钱。”她说：“就算那样也把他带来！”当人们把他带来，她对他说：“你为什么没到街上来，没从窗下走过？我要选择你，别人我不要。”她把苹果扔给了他！

国王听说了小女儿的事，非常生气，说：“她为什么回绝了所有的富人，选了这个又秃又瘸的年轻人？把她扔出去，让她在马厩里结婚。”他们照办了。公主和花匠的帮工生活在马厩里。

不久后爆发了战争，国王听到消息，便带领军队去跟敌人打仗。那个年轻人听说后，来到城外，捻动三根毛发，三个仆人带来了马、鞍和华丽的衣服，他便上战场了。到了前线，他非常勇敢地作战。当国王的士兵杀了一千个敌人时，他一个人就亲手杀了两千。国王问：“这个骑士是谁？”可是没有一个人认识他。国王命令把他带来，因为战争结束了，应该谢谢他。年轻人的俊美让国王震惊。当看见他的手受伤了，国王把缠在腰上的一条刺绣腰带解下来，亲手为他包扎伤口时，国王有些忧伤，心想：“为什么没让他给我做女婿呢！”国王想把他留下来好好款待他，可他拒绝了。他回去了，捻起三根毛发，骑上得到的马，飞回了巴格达。他把羊肚放在头上，用肠子系好。国王回到巴格达，向所有的人打听那个突然从军营中消失的勇敢的年轻人是谁。他对朝廷中的人说：“原来有个年轻人骑着马跟你们一块儿作战——主啊——他就像十四日的月亮一样美,像狮子一样勇敢,亲手杀了两千敌人,他是谁?从哪儿来的?我怎样才能找到他?”

国王为失去那个青年伤心极了,他一直哭,哭成了瞎子,城里所有的医生都来给他治,可他们治不好。最后,一个聪明的老医生来了,他说:“我知道一种治疗方法。陛下如果能找到放在狮子皮里的母狮奶,由狮子背来,滴到您眼睛里,您的视力就恢复了。”亲王的儿子、国王的大女婿听说后,到国王那儿对他说:“我去找母狮奶,带来给您。”国王说:“孩子别去,很难得到的,我担心你被杀死。”年轻人坚持要去,国王便满足了他的要求。他到地下室里拿了一箱金子,到马厩里牵了匹马骑走了。

他一直在沙漠里骑着,来到交叉路口,他看见一位老人,一直坐着绕绳子。他说:“安拉让您长寿,请告诉我这些路的名字和通向什么地方。”老人说:“这条是‘抗击巨人路’,另外两条是‘去路’和‘回路’。”年轻人说:“我走‘去路’,然后走‘回路’。”他走了,走了很远很远,直到来到了一座城市。他进去,走在大街上。在一个饭馆前,他停住了,把马拴好,坐下休息。饭馆里的一个人出来后走近他,对他说:“欢迎欢迎,你好啊。”对他说了不少客气奉承的话,然后又说,“阁下要不要到我家里去?所有到这儿的外乡人都到我这儿住。我招待他们三天三夜。”年轻人表示感谢,那个人便把他带到了他家,两人一块儿吃喝玩乐了三天三夜。第三天夜里,那个人对他说:“你会下棋吗?”年轻人说:“会。”那个陌生人说:

“咱们下吧。”两个人便坐下来下棋,接着就赌起钱来。第一轮那个陌生人就赢了,年轻人从箱子里拿了金子给他。第二次、第三次……一直到输完了所有的金子,年轻人便用自己的马做抵押,然后是衣服、除内衣外他身上所有的东西。那个陌生人每次都赢,最后赢走了年轻人所有的东西,然后这个陌生人便站起来,用生硬的语气命令客人出去。年轻人到街上,来到一个卖羊内脏的摊主那儿,问他是否需要帮工。卖羊内脏的说:“对,我需要个年轻人帮我,我给他点吃的。”年轻人满意地接受了。

一年过去了,瞎眼国王那儿一点儿也没大女婿的消息。大臣的儿子、国王二女儿的丈夫来到国王那儿,对他说:“您那个女婿已经十二个月没消息了,您仍然瞎着。请允许我走吧,我去找母狮奶。”国王说:“宝贝,别去了,大女婿一定是死了。你要去冒险的话,也会死的,我担心你会死去,我的两个女儿都守寡。留下吧!”大臣的儿子说:“决不会这样的,我去。”他派人从地下室里拿来一箱金子,让人从马厩里牵来马,他就走了。他走了和亲王儿子相同的路。不久,大臣的儿子来到了那个老头那儿,他一直坐在那三条路的交叉口绕绳子。大臣的儿子对他说:“告诉我这三条路的名字,都通向哪儿。”老人说:“第一条叫‘抗击巨人路’,另外两条叫‘去路’和‘回路’。”他选了这两条中的一条,最后来到了一座城边。他停在那个饭馆前,那个人跟他打招呼:“欢迎欢迎,你好啊。请到我家里来吧,我常常招待到这城里的外乡人三天三夜。”年轻人跟他到了他家，他们俩吃喝玩乐。到了第三天夜里，这个主人说："你会下棋吧？"年轻人说："会。"主人说："玩吧。"大臣的儿子输光了箱子里的金子和他的马、衣服，只剩下内衣了，他被赶了出来。他也来到街上找活儿干，给一个卖烤肉的当帮工，这个人给他点食物作为报酬。

一年过去了，小女儿对她丈夫说："你到战场上保卫过我爸爸，现在去把我的两个姐夫找回来，治好我爸爸的眼睛。"年轻人便请人告诉国王，他要去找两个失踪的人和母狮奶。国王听说后很生气，他说："你们别让这个一点不中用的人靠近我，我不愿意听见他的声音，你们也别跟我谈起他。"可年轻人告别了妻子，来到了沙漠。他捻动三根狮子毛发，三个精灵出现了，对他说："要求吧，许愿吧。"年轻人要了会带他飞起的马，精灵给他了，他骑上很快走了。走到交叉路口，那个老头儿还在不停地绕绳子。年轻人礼貌地走上前去，对老人说："您老好吗？您的家人好吗？您坐在这儿不停地绕让我感到伤心。"他说了不少这样甜蜜的话。这礼貌的开场白说完之后，他说："大叔啊，我想问问您，这三条路叫什么名字？通向哪儿？"老头儿回答说："孩子，第一条叫'抗击巨人路'，另外两条叫'去路'和'回路'。"年轻人说："大叔，我要走第一条路。"老人说："孩子，别那么走。在你之前有两个年轻人从这儿过去，他们选择了另外两条容易的、平直的路，可他们到现在还没回来。如果你走'抗击巨人路'，那就危险，也许你会死。你是个谈吐得体、聪明文雅的年轻人，假如你受伤害，我会很难过的。”年轻人回答说：“即使如此，我也要选择‘抗击巨人路’。”老人说：“既然你下决心走这条危险的路，告诉我，你为什么要拿自己的生命去冒险？”

年轻人便把自己的经历从头到尾告诉了他。老人说：“孩子，你善良聪明，说话又有礼貌，我告诉你该怎么做。走在这条路上，各个方向都会朝你扔石头打你，你不能往后退，否则你就会死。你往前，不朝左看也不朝右看，在路的尽头，你会看见一座环绕着墙的大城堡。城堡有七道门，每道门都有胡狼看守，每只胡狼都很凶猛，如果你试图进去，会被吃掉。不过，我给你七根我的胡须，你用这些胡须做成套索，把胡狼嘴里的香糖拉出来。只要香糖一出来，胡狼就睡着了，谁也不会伤害。七只胡狼一睡，你就进到城堡院子里，你会看见许多母狮，它们不会伤害你，因为母狮不吃人，只有雄狮会吃人。你杀死一头母狮，剥了皮，挤出其余母狮的奶，把装奶的皮囊放在幼狮背上，然后从你去的那条路返回来，可要当心石头砸你时不要往左右看。”说完，老头揪下七根胡须，给了这个走“抗击巨人路”的年轻人。就像老头儿说的那样，年轻人被踢打威吓，可他没在意，没朝左右看，而是一直往前走。来到大城堡那儿，一座高墙围绕着城堡，有七道门。他到第一道门那儿，门口坐着一只胡狼，口里嚼着香糖好不让自己睡着了。年轻人将一根胡须捻成绳索，轻轻走过去，扔进它嘴里，把香糖拉出来，胡狼立刻睡着了。他想：“第一只完了，我现在应该到第二只胡狼那儿。”他又轻轻地把第二根胡须扔到第二只胡狼的香糖上，它睡了。年轻人想："感谢真主，这个也弄好了！"他又到了第三只、第四只那儿，直到所有的胡狼都睡着了。他走进城堡的院子里，看见一个很大的兽笼，里面有许多母狮和它们的幼崽。他打开笼子，拿出箭来，射死一头，把它整个剥了皮，挤了另一头母狮的奶，装在皮囊里，之后牵了头幼狮，把皮囊放在幼狮背上，就像赶一头驴一样，把幼狮赶出了城堡。他从去的路返回，这一次被打得更厉害了，石头从左边右边向他抛来，可他没有转身，直直地往前走，直到来到了老头儿坐的路口。老人看见他，高兴极了，说："孩子，欢迎你啊！我真担心再也见不到你了，可我现在知道了，你聪明又勇敢，你该走运，顺利也会陪伴着你！"年轻人谢了他，对他说："大叔，我当初来不只是取狮子奶，还要找两个姐夫。希望您告诉我他们俩走什么路去的。"老人告诉了他。年轻人又问老头儿是否能把狮子留在他那儿，等他去找回两个姐夫。老人说："就放在这儿吧，真主保佑你，孩子。"

年轻人走了"去""来"路。进到了城里，他在城门边的饭馆那儿停下了，一站住那个陌生人就出来，对他说："您好啊，欢迎您。您走运了，请到我家里去，我招待到这儿的外乡人三天三夜。"年轻人谢了他，跟他进到了房里。主人盛情款待了他，他吃吃喝喝。第三天夜里主人对他说："你会下棋吗？"年轻人说："会。"主人说："咱们玩吧！"两人开始玩，主人输了，又玩第二次、第三次……主人输光了所有的钱，房子也输掉了，最后他说："我拿我自己作赌吧。”他们俩又玩，主人又输了。客人拔出剑来，准备杀死主人，可主人抓住他的手说：“别杀我，我不是男的，我是个女的。”年轻人说：“你是个女的，那我就不杀你了，可你不该跟我下棋，我不跟女的下棋。那两个男的在哪儿？”她说：“有两个年轻人到我这儿来，在这儿跟我下了棋，他们走了。他们的箱子在房间里，他们的马在马厩里，我不知道他们怎么了。”年轻人说：“我去找他们。”他把她扔出去，到市场上去找两个姐夫。不一会儿，他来到了卖羊内脏的人那里，亲王的儿子穿着又脏又破的衣服，正忙着把羊内脏递给顾客。他认识王子，而王子原来见他时，他头上戴着羊肚皮，所以没认出他。年轻人从包里掏出钱来，来到卖羊内脏的跟前，对他说：“给我一盘羊内脏，让你这个伙计送到我家里去。”卖羊内脏的说：“好的。”

那个年轻人回到了住所，亲王的儿子跟在他背后。一进屋，他就命令姐夫跟他到他楼上的房间，然后年轻人对姐夫说：“把羊内脏放在桌上。”姐夫照办了。他又问：“你跟这个卖羊内脏的干了多长时间了？”他说：“两年。”“工钱怎么给你？”他回答说：“我的工钱就是我吃的饭。”年轻人说：“坐下来，跟我一块儿吃羊内脏。”他说：“我只是个伙计，我怎么能跟您一块儿吃呢？”年轻人说：“为什么不？别害羞，来吧，跟我一块儿吃，没你我不会吃的。”两人便一块儿吃了。吃完了，年轻人对他说：“把盘子拿去还给卖内脏的，离开他，到我这儿来，你的工钱就是你吃的饭！”亲王的儿子说：

“是!”然后,他回去对卖羊内脏的说:“我要离开你了,去给那个买羊内脏的人做用人。”当他第二次来到那所房子,年轻人给了他衣服,让他去洗澡,他们俩一起愉快地度过了一个晚上。第二天,年轻人想:“今天我去找另外一个。”他来到市场上到处找,他看到二姐夫正忙着用扇子扇烤肉,好让叉上的肉烤好。年轻人走到卖烤肉的跟前,给了他一些钱,说:“给我做盘烤肉,让你的这个伙计送到我的家里。”卖烤肉的说:“好的。”大臣的儿子便跟着年轻人去了。上了楼,年轻人对他说:“来吧,我们一块儿吃。”亲王的儿子正等着他们呢,俩人一块儿说:“不,我们不能跟您一块儿吃。”可年轻人逼着他们,最后三个人一块儿吃了,只是他们俩都没认出他。吃完了,年轻人命令大臣的儿子把盘子送还给卖烤肉的,叫他别在那儿干了。他同意了,来到卖烤肉的那儿,说:“我想离开你了,去给那个买烤肉的人做用人。”他返回来后,年轻人让他去洗澡,给了他新衣服。他们一块儿在那所房子里住了三夜,吃喝玩乐。第三天夜里,年轻人对他们说:“我想听听你们俩的故事。告诉我,你们是谁? 从哪儿来的?”他们说:“我们从巴格达来,我们的岳父是瞎眼国王,他需要母狮奶治眼睛。”他俩把他们在那个地方的经历,他们怎样失去了自己的一切都告诉了他。年轻人说:“我给你们母狮奶,咱们一块儿到巴格达去。你们先走,我带着给你们的母狮奶来追你们。”第二天,大臣的儿子和亲王的儿子步行走了。他们走了十天后,年轻人骑上他的飞马,很快来到了路口。

年轻人见到了坐在那儿的老头儿,狮子在他旁边。年轻人谢过他,告别完后,骑上自己的马。到沙漠深处,他捻动三根毛发,三个精灵出现了。他对他们说:“我想要个适合君王住的帐篷,里面有仆人,有金座椅,他周围还要有卫兵。”一眨眼的工夫,所有的东西都在他面前了。他拿了点母狮奶,用水掺着放进瓶子里,等着两个年轻人赶来。他们俩一出现,他派了个仆人去对他们说:“国王想见你们,进去吧。”他俩跟着进去了,跪在他面前问候他。他问他们:“你们替你们的岳父找到母狮奶了吗?”他们说:“没有,我们没找到。”他说:“我这儿有一点,给你们吧。”他们吻了他的手,说:“真主让您长寿,谢谢了。”他说:“我把瓶子给你们,不过有个条件——你们弯下身,让我把我的这颗章盖在你们背上。”亲王的儿子说:“这不行!”国王说:“那我就不给你们瓶子。”他俩在一旁商量,其中一个对另一个说:“假如我们允许他那么做,有谁会知道呢?我们在沙漠,远离巴格达,以后也再不会见到他和他的人,没有人会知道我们屈从于他。”两人同意了,便对他说:“陛下,我们准备好了。”他们弯下腰,国王在他们背上盖了他的章,把瓶子放在他们手里,让他们平安离去。

几天后,他们回到了巴格达。人们用音乐和歌声迎接他们。他们俩来到王宫,国王站起来拥抱他们,说:“我原以为你们死了,以为凶猛的野兽夺去了你们的生命,我再也见不到你们了。欢迎你们回来,我的孩子。”接着他俩告诉国王,说他们经历了许多危险之后才得到这个瓶子。他们把瓶子给国王。国王往眼睛里滴了一滴,一点反应也没有,视力没有恢复,他把瓶子里剩余的全都滴了进去,可还是徒劳,他还是看不见。

在此期间,埃塞俄比亚人的儿子、国王小女儿的丈夫,拿出三根毛发捻动。精灵出现时,他命令他们把他面前这一切都弄走,士兵、用人、金座椅都消失了,然后他把羊肚又系在了头上,赶着狮崽回到了马厩。他的妻子高兴地迎接他,说:"这么长时间你到哪去了?""瞧,我终于把治爸爸眼睛的母狮奶带回来了。""快去,带上狮子奶到我爸爸那儿,告诉他你为他所做的一切,你怎样打败他的敌人,又怎样得到了奶。"他问她:"两位姐夫到了没有?"她说:"已经到了。"他又问她:"他们给国王奶了吗?""是的,他们给他了。""他的视力恢复了吗?""没有。"年轻人来到大臣那儿,请求见他,告诉他自己想给国王治眼睛。大臣说:"你的两个姐夫在你之前拿来了母狮奶,一点作用也没起。"年轻人说:"不管怎样,我带着狮子到他那儿去。"接着,他捻动三根毛发,摘下羊肚,啊,他就像月亮一样美!他带着狮崽来到了宫殿,从皮囊里取了些奶,滴了一滴在国王眼睛里,问他:"你看得见了吗?"国王说:"赞美真主,我看见一点了!"过了一小时,又滴了一滴,国王能看见更多了,一小时后又滴了一滴,国王能清清楚楚地看见了。他高兴极了,问:"你是谁?从哪儿来?你怎样得到母狮奶的?"年轻人说:"我是您的女婿,您小女儿的丈夫。"他把他的故事从头到尾都告诉了国王,还有他是怎样把掺水的奶给了两个姐夫，又说："你们要不相信我的话，看看他俩的背。"亲王和大臣的儿子都害羞了。年轻人说："我就是那个和您一块儿打仗的骑士，这就是您缠在我手上的围巾。"国王高兴了，说："就是你啊，我居然不知道，还让你待在马厩里?！原谅我！"然后他召集他的臣民，举办了几场盛大的婚礼庆典和豪华的宴会。国王把埃塞俄比亚人的儿子叫来，摘下自己的王冠，戴在了他头上。

国王的噩梦

从前有个国王,名叫白拉斯。他手下有一位宰相,名叫伊拉斯。伊拉斯为官廉洁、忠诚守信,是国王的得力助手。

一天夜里,国王连续做了八个噩梦,醒来时吓出一身冷汗。他坐卧不宁,惊慌失措,于是连夜召见婆罗门,要他们解释一下这八个梦的吉凶。婆罗门听完国王对梦境的描述后,齐声说道:“陛下的梦有些怪异,恐怕一时难以解释。请宽限我们七天时间,待我们回去查看经典后,再来禀告陛下。”

国王答应了他们的请求。婆罗门离开王宫后,聚集在一处,商议下一步该如何行事。对于他们而言,这真是天赐良机,因为国王前几天刚刚下令处死了一万两千个婆罗门,他们本来还愁没有机会向仇人报复呢!

于是,他们众口一词地说道:“现在,国王让我们知道了他的秘密,要我们给他解梦。我们可趁机吓唬吓唬他,让他胆战心惊,乖乖地照着我们的话去做。我们要他将亲信的臣子都交出来,一律处死。我们可以对他说:‘所有的经典我们都查过了,每一个梦对于陛下都是不祥的征兆。陛下要想在未来摆脱厄运,就必须将我们指名道姓的这些人统统杀死。’若国王问起哪些人该杀,我们就说:‘就是朱威尔的母亲、您最宠幸的王后伊兰,您最喜爱的王子朱威尔,最能干的宰相伊拉斯;此外,您还必须牺牲一些心爱之物,就是那把举世无双的宝剑、那头奔跑如飞的白象以及另两头雌象、那匹伴您驰骋沙场的战马。’最后,我们不要忘了加上那个博学多识的哲人卡巴利雍,他可是我们的大仇人啊!我们可以继续说:‘国王陛下,您把这些人都处死后,将他们的血盛在一个池子里,接着坐在当中。当您从池子里出来之后,我们会由四方拥过来,向您身上吐些唾沫、擦去血迹,后用香水洗涤。这样,老天才会保佑您免遭这场灾难。因此,陛下要想消灾避邪,保住江山和权位,就必须甘心牺牲这些亲朋的生命,过后再另择臣子和王后。倘若不这样做,我们担心,不但江山社稷难保,陛下的生命也有危险。’等我们说完这些话后,他若愿意听从,我们就立即将那些人杀掉,接着用最残忍的方法,结束他的性命。”

婆罗门策划好这样的阴谋后,就在家静等期限的来临。第八天,他们一同去见国王,对他说:“陛下,我们已经查看过经典,并一道研究分析了您所做的梦。这事很重要,请陛下命左右退下,容我们细细禀告。”

于是,国王令其他所有人退出大殿。婆罗门按计行事,将解梦的答案详述了一遍。国王听后悲哀地说道:“这些人与我的生命同等重要,与其让我杀了他们,不如自己死去。生命是短暂的,我最终也难免一死,不可能永远做国王。对我来说,死和离别亲朋好友没有什么两样。我怎能忍心将他们杀掉呢?”

婆罗门见状说道:“若蒙陛下不弃,我等有一言相谏。”

国王恩准了他们的请求。

“陛下,”婆罗门说道,“恕我们直言,您将他人的生命看得比自己的生命尊贵,实为不可取之举。细想,您一向以江山社稷为重,以黎民百姓为荣,因此,看在万民的面子上,恳请陛下保重身体,进而保全国家,切不可舍本求末、因小失大,为几个皇亲贵胄而毁了自己的江山。陛下,要知道,人们爱生活的目的无非是为了爱自身;与朋友交好,无非是为了给自己的生活添姿加彩。况且,您的社稷大业是在经年累月的奋斗后才得来的,切不可等闲视之,轻易放弃。恳请陛下听我等一言,为自身着想,为国家着想,不要辜负了万民的厚望。”

国王见婆罗门把话说得如此严重,心里更加悲伤了。他起身回到自己的私室,不禁掩面而泣,仿佛离了水的鱼儿一般地辗转不宁,并自言自语道:“我真不知道自己该如何做了。是保全亲友,坐等厄运降临,还是杀死亲友而保护自己?倘若没有了亲友,我这一生注定是不会再有什么乐趣的。看不见伊兰王后和朱威尔王子,我便与出家人无异;杀死了宰相伊拉斯,我还怎么处理国政?失去了白象和战马,我的风光何在？若依了婆罗门的话实施杀戮,我又怎么再能称孤道寡？总之,没有了他们,无论如何我是不能生活下去的。”

不几日,国王为忧愁所困的消息便不胫而走,传遍了全国。宰相伊拉斯听说了这个消息,心里暗自焦急。然而,没有国王的召见,他是不便擅自进宫询问此事的。他左思右想,决定去谒见伊兰王后。

“自小臣辅佐国王以来,”宰相对王后说道,“朝中事务,无论大小,国王必先与小臣商讨。现在发生了一件事,小臣不知其中原委,国王也只字未提,仿佛有意隐瞒,不知是何缘故?”

“发生了什么事情?”伊兰王后问道。

宰相接着说:“近日,国王连夜秘密召见婆罗门,不让我们这些臣下在场。我担心,万一国王把机密告诉他们,恐怕他们趁机进谗言,对国王下毒手。所以,小臣特来请王后前去面见国王,询问事情的原委,然后将答案告诉我们大家,再见机行事。只恐怕婆罗门已在国王面前捏造了什么谎言,怂恿他去施行一些不善的事情。国王的性情,小臣是深知的。若他发起怒来,无论事小事大,是由不得任何人分说的。因此,这种时候,只有王后您去见国王,是最合适的。”

“我与国王有些龃龉,这几日不想见他。”王后答道。

“事关重大,”宰相劝道,“值此关键时刻,请王后务必克服个人情绪，把小事抛在一旁，立刻去见国王。除了您之外，是没有人能完成这个任务的。而且，小臣也常常听国王念叨：‘每当我忧愁的时候，只要伊兰王后一来，我所有的烦恼便烟消云散了。’所以，恳请王后马上起驾，到国王身边去，以好言劝慰他，让他消气，然后仔细询问他和婆罗门往来的情况，回来如实转告我们，好让我们这些臣子去商议对策。王后，天下黎民百姓的安危就寄托在您身上了。”

宰相这一番语重心长的话语，把伊兰王后的心说动了。于是，王后立即起驾，来到国王的私室。她见国王正愁肠百结地坐在那儿，便也倚靠着他坐下，笑容可掬地说道：“万民称颂的国王陛下，您这是怎么了？婆罗门都跟您说了什么话，让您如此烦恼？能否说与臣妾听听？为陛下分忧，使您开心，可是臣妾的职责哟！”

“王后，请你不要提及这件事，让我平添烦恼了。再说，你一个女人家，也不该过问我的事。”国王不耐烦地摆了摆手。

“在陛下心目中，我的地位已变得这般低下了吗？”伊兰王后嗔怪地说道，“明智的人，当危机降临的时候，最能够克制自己的情绪，倾听有识之士的建议，广纳谏言，运用计策使自己摆脱不幸。灰心失望是不可取的。要知道，一个犯了大罪的人尚且希望得到别人宽恕，平常人就更没必要丧失信心了。不要让忧愁和烦闷压倒自己，因为苦闷不仅于事无补，还伤自己的身体、长敌人的志气。在不幸面前善于忍耐，实是一种修炼。陛下，请让臣妾为您分忧！”

“请王后不要再追问下去了，你已经让我很为难。这是一件极其凶险的事情，结局是有害于我、有害于你、有害于朝中大臣、有害于我的许多心爱之物的。唉！实话告诉你吧，我做了八个噩梦。婆罗门说，我将有一场灾难临头，必须将你、王子以及一些心腹大臣处死，才能躲过这场灾难。你想想，我怎么忍心这样做？失去了你们大家，我的生活还有什么意思？又有谁听了这个消息会不感到痛苦的？”国王说完，连声叹气。

王后听了这番话后大吃一惊。然而，她极力掩饰住自己的情绪，不动声色地说道：“陛下切莫烦恼，我们大家都愿意为您牺牲自己的生命。在我之后，会有许多像我一样，甚至比我更可心的嫔妃来伺候陛下。但是，出于对陛下的忠心和爱戴，臣妾尚有一事相求，请陛下听我几句忠言！”

国王慨然应允。于是，伊兰王后接着说道：“今后，我希望陛下不要再相信婆罗门的话，遇到困难时多与自己的亲信重臣商讨对策，深思熟虑后方可行事。杀戮是一件很重大的事，因为，您可以轻易杀死一个人，却无法使他复活。俗话说得好：‘再识货的人未加鉴别之前，也不要轻易抛弃一块没有用的宝石。’陛下！您对自己的敌人还不甚了解。那伙婆罗门一定已十分嫉恨您，因为前些日子，您刚下令处死了他们的同伙一万两千人。也许您心里认为，这两伙人不一样，不能等而视之。但是，请陛下相信我的判断，您绝不应将自己做的梦告诉婆罗门。他们对您说那些话，也许就是想借机害死您的亲信重臣，以达到报仇雪恨的目的。倘若您依从他们，杀死了好人，他们会进一步加害于您，夺走您的江山，恢复他们昔日的权位。若想除掉一棵树，必先从地下的根须拔起；婆罗门对您的所为，亦是同样的道理。依我看，陛下何不去拜访博学多识的卡巴利雍，把梦中所见讲给他听，请他对此做一番解释？”

听了这一席推心置腹的话语，国王恍然大悟，连日来的烦恼和苦闷顿时烟消云散。于是他立即下令备马，随后一路快马加鞭地来到哲人卡巴利雍的住所。见了哲人后，他倒地就拜。卡巴利雍连忙将他扶起，并问：“陛下，您这是怎么了？为何见您这般神色？”

国王说道：“我很不幸，一连做了八个可怕的梦，并且将所有的梦境都告诉了婆罗门。按照他们的解释，我将有大难临头，除非把亲朋好友杀掉，否则就保不住王位，甚至保不了自己的命。这令我很恐惧。”

“陛下愿意把梦告诉我吗？如蒙不弃，我可以给陛下解梦。”哲人说。

国王便将梦的前前后后告诉了卡巴利雍。说完后，他关切地问道：“怎样？您有更好的解释吗？”

“陛下！”哲人微笑着说，“您一点都不用忧愁，这没有什么可怕的。现在，我就把所有的梦兆一一讲给您听：陛下梦见的那两尾红鱼，用尾巴立起来，那是将有使臣从黑蒙国来，给陛下献上两串镶嵌着红宝石的珍珠项链,价值达四千磅黄金;两只鹅从背后飞来,落在陛下面前,那是白尔国王将要进贡的两匹战马,奔跑速度之快举世无双;一条白蛇盘在陛下的左腿上,那是绥进国将要敬献的一口钢铁铸成的宝剑;陛下浑身被血染遍,那是有使臣奉卡龙国王之命,来进贡一件宝衣,名唤乌珠袍,能在黑夜里闪闪发光;陛下用水沐浴全身,那是利进王国即将送来一套亚麻的王袍;陛下梦见自己卧在一座白山上,那是开都国王将要进贡一头行走如马的白象;陛下头上有火一般的东西,那是艾赞国王将要进贡一顶纯金的王冠,上面镶满了珍珠和红宝石;至于有一只鸟来啄陛下的头,这一点今天我就不做解释了,陛下不必为此忧虑,它只预示着陛下的爱情生活中将会发生一些口角和不快,并没有多大的妨害。以上就是我对陛下梦兆的阐释。这所有的预言,将在七日后得到应验。”

听了这番话后,国王如释重负,欣喜万分。于是,他拜别了哲人,回到宫中。

果然,七天一过,喜讯便传出,来自各国的使臣即将到达王宫。国王坐在宝座上,迎接远道而来的使臣,接受他们进贡的礼物。这些礼物与卡巴利雍所预言的分毫不差。见此情景,国王更加佩服哲人的智慧和远见,便说道:“当初我犯了一个大错,把梦兆告诉了阴险的婆罗门,他们要我这样做那样做。若不是老天保佑,不仅我自己性命难保,还要连累许多贤良的人。遇事时,应与朋友相商;

智者的良言,不可以不听。多亏贤惠的伊兰王后及时为我指点迷津,我才化险为夷,重见希望的光明。所以,我要把这些礼物拿到伊兰王后面前,让她随意挑选!”

于是,国王命令宰相伊拉斯捧着王冠和珠袍,随他一同来到后宫。伊兰王后和胡兰妃子奉旨出来晋见国王。

“宰相,请把王冠和珠袍献上,让伊兰王后挑选一件!”国王命令道。

伊兰王后挑选了王冠,而那件精美绝伦、镶满夜明珠的袍子则归了胡兰妃子。

晚上,国王设宴犒劳伊兰王后。王后戴上那顶红宝石王冠,手捧着特地为国王烹制的一盘香饭,在国王身边落座。正在这个时候,胡兰妃子身穿闪闪发光的珠袍,由国王面前经过。那熠熠闪耀的光辉,将她衬托得格外美丽。国王见此情景,便侧身对伊兰王后说道:“你太错误了,选择了这个王冠,却不要那件稀世罕见的珠袍。你看,今晚的胡兰妃子是何等光彩照人啊!”

见国王对自己不以为然,而对胡兰妃子大加赞赏,伊兰王后心中大为不悦。她一时气愤,便将手里的盘子掀到国王头上,弄得国王一脸汤水。这恰应了卡巴利雍所预言的最后一个梦兆。

国王大怒,起身离席,马上召见了宰相伊拉斯,对他说道:“我是堂堂的一国之君,这个无知的贱妇却如此不知礼节,胆敢羞辱我。这还成何体统?你速将她带出宫去,处以死刑,决不饶恕!”

宰相奉旨带伊兰王后出了宫，边走边想："不等国王心平气和，我是决不能执行命令，将伊兰王后处死的。王后的智慧和见识，在国中女性中是独一无二的。她曾经救过国王的命，成就过大事。国王对她恩宠有加，臣民也对她寄予了很大的希望。若我把她杀了，将来一旦国王责问我：'你怎么如此草率行事，也不回来请示我一下，就稀里糊涂地把我最宠爱的王后给杀了？'那时我将如何是好？我还是暂且先把王后藏起来，找机会探听一下国王的态度。若国王对他曾下过的命令懊悔不迭，我就把王后送回宫中。这样，我便完成了一件了不起的事情，既救了伊兰王后的命，又顺了国王的心意，在百姓面前也有个交代。若国王心安理得，并无悔意，那时我再执行命令也不迟呀！"

宰相伊拉斯的主意已定，便请伊兰王后到自己的家中住下，命令一个亲信小心侍奉和保卫她，直至国王回心转意。

等一切安置妥当后，宰相将自己的剑染上血迹，装出悲哀的样子，进宫去回禀国王，说道："陛下，关于伊兰王后的命令，小臣已经遵命执行了。"

宰相的话语虽然简短，却字字如千钧，砸在国王心头上。国王内心的怒气顿时平息下来。他开始忆起伊兰王后的一切，想到她是那样的美丽大方，又是那样的才识超群，为世间难得的女子……国王越这么想，心里就越惋惜，同时暗暗劝慰自己不要太伤悲。此时，他的心里只有一线希望，但愿宰相并未将伊兰王后处死，因为他知道,宰相处事一贯是沉稳持重的。他很想问宰相究竟是否真的执行了命令,可又觉得难以启齿,于是只好沉默不语。站在一旁的宰相一眼看穿了国王的心思,便说道:"请陛下保重身体,不要过于忧伤!忧伤是无补于事的。对于自己力不能及的事情,就不要再多想了。若陛下允许,小臣有一个故事,但愿能为陛下解闷。"

"你就讲吧!"国王答道。

于是,宰相讲起下面的故事:

有一对鸽子夫妇,平时朝夕相处,彼此很合得来。春天时,它们将自己的巢盛满了麦子。雄鸽对雌鸽说道:"这个时节,野外的食物很丰富,我们既然能在外面找到吃的,就不必动用家里的储备。等冬天来到,野外没有食物的时候,我们再回家吃这些麦子吧!"

"你的主意很好!就这么办吧!"雌鸽点头称是。

后来,雄鸽外出了一段时间。等它返回家时已是夏天,原本潮湿的麦粒已经干了,自然就收缩了许多。雄鸽只觉麦子变少了,便对着雌鸽怒斥道:"我们不是已经说好,冬天不到,不吃巢里的麦子吗?你怎么出尔反尔,趁我不在家里,偷吃了这么多?"

雌鸽一再发誓自己并没有偷吃麦子。然而,雄鸽总是不相信雌鸽的话,还用嘴使劲啄她。雌鸽因此受伤而死。

后来,冬天来临,下了几场大雨,麦子重新潮湿起来,填满了整个鸽巢,就像原先的那样。见此情景,雄鸽恍然大悟,不禁懊悔万分。它来到雌鸽的墓旁,哀声哭道:“贤妻,我对不住你呀!假若当初我多动些脑筋,就不会如此冤枉你。你走之后,生活便不再有意义,纵有麦子成山,巢里仍是一片空虚。唉!我犯的大错,如何弥补得了?”

雄鸽守在雌鸽的墓旁,悲痛了几天,不食也不饮。最后,它倒在雌鸽的墓边,忧伤地死去。

宰相接着说道:“明达的人,遇事时从不操之过急,在惩罚他人时更是三思而后行,尤其在有可能后悔的情况下。切不可像那只雄鸽一样,犯下了大错,悔之不及。此外,我还听过一个故事,可以讲给陛下听:有一个人,头顶着一篮扁豆,在山里赶路。因为他走得太疲乏了,便将篮子卸在地上,背靠着一棵树小憩片刻。树上有一只猴子看见这个情景,便悄悄溜下来,偷了满满一把扁豆,又转身上树去了。一不小心,一粒豆子从手里滑落到地上,猴子连忙爬下树来寻找。结果,猴子不但没找着那粒豆子,还将手里的满把豆子都撒到了地上。陛下想来已明白小臣说此话的用意。恕小臣直言,陛下现在嫔妃如云,何必念念不忘那个已经不在的王后,对众多的嫔妃却视而不见呢?”

国王一听这话,以为伊兰王后必定死了,便埋怨宰相道:“你只听了我一句话,也不思考一下,就匆忙将王后处死。你以往的审慎作风都到哪里去了?”

“说过的话,一定要执行,不能反悔。这是君子的作风。”宰相答道。

“你可把我害惨了，”国王说道，“你杀了伊兰王后，使我从此生活在痛苦之中。”

“世上有两种人，应该痛苦一辈子：每天作恶的人和从不行善的人。这两种人，只图一时的快乐，日后遭到报应时，痛苦必是无尽的。”宰相说。

“假若我能再见到伊兰王后，”国王说道，“便不会再有任何烦恼了。”

“世上有两种人，可以解除烦恼：一心趋善的人和永不作恶的人。”宰相说。

“可惜呀！伊兰王后！”国王长叹道，“我以往怎么没有多看你一眼？”

“世上有两种人不会看：盲人和没有智慧的人。盲人看不见日月星辰，分不清远和近。没有智慧的人则辨不出美与丑，分不清是与非。”宰相说。

“假若我能再见到伊兰王后，”国王说道，“便会快乐无穷了。”

“世上有两种人会永远快乐：有眼光的人和有智慧的人。有眼光的人，能够看清世上的一切事情，无论大小、远近；有智慧的人，能够分清善恶，预知来世。这两种人，都能找到正确的道路，因此永远快乐。”宰相说。

“我还没有看够伊兰王后，痛苦像疾病一样不能痊愈。”国王说道。

“世上有两种人永不得痊愈:嗜财如命的人和追求虚无的人。”宰相说。

“看来我必须远离你了,宰相,免得你唠叨。”国王说道。

“世上有两种人应该远离:不承认善恶、不承认功过奖惩的人,和无恶不看、无恶不听、无恶不想的人。我不是这两种人,所以陛下不必远离。”宰相仍不紧不慢地说。

“我空有伊兰王后了。”国王叹息道。

“世上有四种东西是空有的:没有水流的河渠、没有君王的国土、没有丈夫的美人、不辨善恶的白痴。”宰相说。

“你枉杀伊兰王后,违背了常理,宰相!”国王说道。

“世上有三种人的做法是违背常理的,那就是:穿着白外套拉风箱,把衣服熏黑的打铁匠;穿着新袜子,双脚却站在水里的漂布工;占有一匹好马,又将它搁置一旁的人。”宰相说。

“但愿我能在辞世前再见到伊兰王后。”国王说道。

“世上有三种人,老是追求自己达不到的东西,那就是:三心二意却企望得到虔诚回报的人,吝啬无比却希望别人以为他慷慨的人,虐杀成性却指望自己死后与烈士享有同等待遇的人。”宰相说。

“我下令处死伊兰王后,是个根本的错误。”国王说道。

“世上有几种东西,经常犯这样的错误,那就是:飞翔时,将双足举得高高的,唯恐天塌下来的小鸟;只用一只脚站立在地,唯恐地陷下去的灰鹤；以土为生，却尽量节食，唯恐泥土被吃完的蚯蚓；来到一条大河旁，用舌头小心地舔水喝、唯恐河流干涸的狗；长相丑陋却自认为美丽，因而从不在白日飞翔，唯恐人们将它捕捉的蝙蝠。”宰相说。

“我对伊兰王后的思念将永无止境。”国王说道。

“一个女人倘若具备了五种品德，是值得人们为其忧伤的，那就是：贞洁贤惠、出身高贵、天资聪颖、容貌端庄、热爱丈夫。”宰相说。

“我的痛苦将让我彻夜难眠。”国王说道。

“有两种人，常常会寝食不安、夜不能寐，那就是：家财万贯却发愁无处保管的富人，病情很重却没有医生过问的病人。”宰相说。

宰相伊拉斯说到这儿，见国王的心情确实万分悲痛，便止住了话语。

“你怎么了，宰相？”国王诧异地问道，“刚才你还口若悬河的，怎么这会儿又沉默不语了？”

“陛下！”宰相开口说道，“请恕小臣斗胆说了这么多废话，来考验您的心意。小臣如此啰唆，也许还说了一些过火的话，然而您丝毫没有因此而发怒，让我不再怀疑您的睿智和仁慈。对于陛下的宽宏大量，小臣谨表感谢。请相信，小臣这么做，无非是想了解陛下的心意，进一些有益的谏言。现在，不管陛下愿意原谅我，还是惩罚我，有一句话，我必须如实禀告：伊兰王后尚在人间！”

国王一听这话，立刻转忧为喜，高兴地说道："我的好宰相啊！我知道你平素精明忠诚，进谏有方，所以没有责备你。我原本就希望你没有执行那个命令，因为你处事一向是明智审慎的。伊兰王后啊，伊兰王后！她虽然冒犯了我，却并不想有意地仇视我。她当时的举动，仅仅出于妇人的嫉妒之心，是极平常的事，我本也应该宽容她的。但是，宰相，你为什么不坦白地说来，却要如此考验我，让我如坠云雾之中？现在，你成全了我的这件事，我非常非常感谢你。你快快去把我的伊兰王后领来，别再让我等待！"

于是，宰相奉命出了宫，回到家里，将发生的事告诉伊兰王后，并请她马上回宫见国王。伊兰王后听了大喜过望，连忙梳妆打扮，和宰相一同返回王宫。

伊兰王后叩见了国王，然后起身说道："感谢大慈大悲的主！感谢宽厚仁慈的国王陛下！妾犯了大罪，本该万死，幸得陛下怜悯，使妾得以再生。这种皇恩，妾永世不忘。其次，我还要感谢聪明的宰相伊拉斯，他能够体察陛下的仁慈之心，将我从无情的死亡之中解救出来。"

国王转身对宰相说道："你救了珍贵的伊兰王后，把她重新送回我身边，于我、于王后、于百姓，都立了一个大功。你是我忠实可靠的好宰相，我当更加敬重你。今后，王国的政务大事就由你来全权处理，你认为该怎么办就怎么办。我是充分信任你的。"

"愿陛下江山永固，幸福长存！"宰相说，"陛下过奖了。小臣不过是陛下的仆役，实在不敢领受如此贵重的信任。小臣只有一个请求，望陛下今后处理重大事情时，多加审慎，以免后悔。今天，世间难得、万民爱戴的伊兰王后，仅是一个例子。望陛下以后遇到类似的事情时，一定三思而后行。”

“你说得对，宰相！我接受你的忠言。今后，无论大事小事，我都会同元老们协商，审慎地加以研究后，方可执行。”国王说道。

接着，国王重赏了宰相伊拉斯，并命令他将那些别有用心的婆罗门处以极刑。

宰相奉命处死了婆罗门，国王和群臣都很高兴。大家感谢主宰，赞扬大哲人卡巴利雍，他以渊博的学识和智慧，救了国王、贤明的宰相伊拉斯和聪慧的伊兰王后。

第四十个盗贼

从前有一个国王，在他统治的国家有个非常狡猾的贼，夜夜入室盗窃，没有人能知道他是怎样进到别人家里，又是怎样出去的。最后当地人都到国王那儿，对他说："我们想向陛下您投诉，有个贼夜晚盗窃，没人知道他是怎么进去，又是怎么出来的，他每天晚上都偷一家。"国王允诺调查这件事，他命令大臣们要提高警惕，并在各个地方都派了卫兵把守，可没起什么作用，小偷照样夜夜靠偷窃别人来发财。

一天，国王在宫殿里坐着，突然一封信从天花板上掉到了他面前的桌上。他抬头看看，不见人影，信上写道："你的宝库将在今夜被盗。"国王又气又急，说："这是怎么回事！到处都有我的侍从、卫兵、密探，这可耻的贼居然威胁要偷我的宝库。"他起身来到了女儿住处。女儿见他不高兴，问他："爸爸，您怎么了？"他说："你别管，孩子。"女儿说："爸爸，告诉我，是什么事让您烦恼？"国王说："孩子，刚才天花板上掉下一封信，上面说我的宝库今夜要被盗。

我已经在各个地方都派了密探、侍从和卫兵,如果我的宝物今夜被盗,那我在百姓面前脸面就丢尽了——我是一国之主,小偷进我的家,就是我的耻辱!我就是为这事烦恼。”女儿说:“爸爸,您别生气了,来跟我一起吃饭吧,也许贼偷不了我们的宝物呢。”女儿好言宽慰爸爸。国王跟她一块儿吃了晚饭,睡觉去了。等家里所有人都睡了,国王的独生女来到了爸爸的房间。她从房顶上取下爸爸的剑,坐到宝库的宝物箱前,把剑搁在她身旁的地上。她想:“我倒要看看,贼从哪儿下来!”她盯着天花板。夜一片漆黑,家里其他所有人都睡着了。半夜,她感到脚下的地在动,她想:“咦!难道贼从地下来吗?”地裂开了,从洞里出来个人。贼一到地面上,她就抽出剑,砍下了他的头,又来一个,她又悄悄地砍死一个,扔到一边……就这样,她杀死了三十九个。最后贼头来了,他边爬边想:“我那帮兄弟怎么回事?为什么不回来?我得去看看!”他也从洞里上来了,女孩举剑去砍,可惜太急没砍中,贼头赶紧退回去了。他说:“好啊!你杀死了我三十九个兄弟,你就算是铁骨,我也要亲手杀了你!”贼头边说边返回去了。

女孩去敲爸爸的门。这时国王已经起来了,他问:“谁呀?”“爸爸,是我,开门吧。”国王把门打开了:“孩子,什么事?”女孩说:“把侍从都叫来。”国王召唤,宫里所有的侍从、卫兵都拿着灯和武器跑来了。女孩说:“你们看,那房里有什么?”他们都到国王藏宝物的房间里去,看到三十九个贼躺在地上死了,大家都非常惊讶!

公主告诉他们她怎样杀死了三十九个贼，打伤了贼头的脑袋，贼头又怎样发誓哪怕她是铁骨也要杀死她。她告诉他们，她现在危险了。国王说："他怎么能到你身边呢？别想这事了。他伤害不了你。"

到白天，全城都传遍了：国王的女儿亲手杀死了贼。大家都很高兴，说："以前我们睡觉都害怕，现在这些坏蛋都死了。"人们都来看那三十九个贼的尸体，晚上把他们扔到郊外喂狐狸去了。大家说："今晚上我们可以睡个安稳觉了。"

一天、两天……三年过去了。一天，公主到房顶上去，她长得很漂亮，美得没人能比。她朝沙漠望去，发现有些帐篷和士兵，中间是一个大帐篷，帐篷中央有个金座椅，上面坐着国王，头上戴着金冠，脖子上有项链，士兵站在他周围。公主赶紧下来，问父亲："怎么回事？来访问我们的那个国王是谁？"她的父王问："哪个国王？"公主说："您到房顶上亲眼看看吧。"国王上去看看，惊奇地说："天哪，应该是个重要人物吧，还带来了兵，可能想打仗。"国王把大臣召来，让他去看看，看完了对他说："去了解了解那个国王是谁，他事先不通知就带着军队来，是不是想打仗？"

大臣出了城，来到帐篷，向那个国王致意、问候，国王回答了他的问候。大臣说："我们不明白您为什么突然带着军队来。我们希望您的目的是和平而不是战争。"国王说："我们怎么会心存恶意呢？我来是为了向你们公主求婚的。"他们一块儿喝了咖啡，抽了水烟。国王对大臣很热情,还送给他珠宝项链。访问完了,大臣回去对他的国王说:“那个国王没有心怀恶意,也不想跟您有任何冲突。他只是有事想跟您谈谈。”

国王骑上马到城外去见那个陌生的国王,向他问候。对方回答了他的问候后,请他坐下。国王问:“你为什么到我们这儿来?我们看见士兵,以为你的目的不是和平。说吧,你想干什么?”对方回答说:“不,不,不,我来是想跟您联姻,我想向您的女儿求婚。”国王看到对方有这么多钱财后,心想:“还有谁比他更好呢?我把女儿嫁给他吧。”然后他说:“你是国王,我也是国王,这桩婚姻合适,我把女儿嫁给你吧。”外乡的国王说:“我明天就想和她结婚,我不能在这儿久留,因为我已经出来第五天了,我得带上她走了。”国王同意了。求婚者请他喝咖啡,热情地款待了他。国王回到宫殿,把女儿叫来,对她说:“孩子,你知道是怎么回事吗?他来是跟你求婚的。我把阿訇叫来,我们赶紧准备,他想星期二就带你走。”公主什么话也没说,不过她顺从了父王的意愿。阿訇来了,他们订了婚。第二天,外乡的国王来带新娘,卫兵们拿来嫁妆,他全都拒绝了。他说:“我不想要卫兵,也不要礼物。我是国王,这些东西我都有,我什么都不要。给您女儿戴上斗篷交给我吧,她就是我唯一想要的!”国王伤心了,说:“这怎么行?我不派卫兵送我唯一的女儿,那就是我的耻辱。”对方说:“我什么都不要,我只要你的女儿,多一样都不要。”国王说:“这绝对不行,我一定要派卫兵送我的女儿。”对方退让了，说：“随您的便吧！不过我都准备好了，今天半夜我就起程。”这个外乡的国王召集了他的士兵，对他们说：“走到半路你们就回去吧，让我和新娘单独待一块儿。”半夜他们出发了，外乡的士兵走在前面，新娘的卫兵走在后面，新郎、新娘各自骑马走在中间。他们走啊走，第二天，走在前面的士兵照他们国王的吩咐，离开他们的国王和新娘了。国王对新娘的卫队说：“你们回去吧，我不喜欢繁杂、虚荣的场面，我想和我的新娘静静地进城。你们回去吧，别跟着我们了。”他给卫兵们赏了礼物。卫兵们说：“我们不能回去，我们害怕国王会生气。”可这个国王新郎给他们钱，诱惑他们，他们便转身回去了。

就这样，沙漠里只剩下新郎和新娘了。他们各自骑着自己的马，走了好长时间。太阳落山了，他们来到了一个大森林旁。森林里有狮子、胡狼、野猪，还有别的野兽。新郎对新娘说：“咱们休息一会儿吧，你累了。来，咱们坐在树底下，我把头放在你腿上，一会儿咱们再接着走。”新娘说：“就照你说的做吧。”他下马了，他取下自己的缠头，躺在她身旁，把头枕在她的膝盖上。新郎说：“你用手摸摸我的头吧。”她伸手摸他的头，吓了一跳。他说：“你怎么了？”她说：“你没头发。”她已经看见了他头上的伤。他问：“还有什么呢？”她说：“有许多男人都没头发。”他问：“你知道我是谁吗？”她说：“我知道了！”他说：“你杀死了我手下三十九个兄弟。我是哈桑·哈拉密，现在我要杀死你！”她说：“我已经落在你手中了，你想杀就杀吧。不过我想请求你一件事。”“什么事?”“给我十五分钟时间,我想独自做小净,做礼拜,这样死得清爽。”他说:“我要让你单独一个人待着的话,你会跑的。”她说:“这不可能,你用绳拴着我的脚,另外一头抓在你手上,你拉拉绳子就知道我在你身旁。做完小净和礼拜后我会叫你的。”他说:“好吧。”贼头解下根拴马的绳子,一头拴在公主脚上,一头抓在自己手里。公主一走进森林,就很快解下了绳子,拴在一棵椰枣树上。她说:“狼来吃我吧,狮子来吃我吧,蛇咬我吧,可我不愿意死在他手上。”她走进密密的森林,来到了一棵高高的大树旁,树叶又多又密,相互交错起来,可以藏下十个人,她爬上去,躲了起来。哈桑等了十五分钟,半个小时……他拉拉绳子喊:“喂,你怎么还没做完!”天黑了,他又喊了一遍,可没听到回声。他拉着绳子去看看她为什么不回答,走到头,谁也没见,只见绳子拴在一棵椰枣树上。他大喊:“就算你的骨头是钢做的,我也要亲手杀了你。”他又喊又叫,可不敢走到森林深处,害怕有狼和狮子。他在森林外部到处找她,盯着树看,气得大叫:“我要亲手杀了你!”最后他骑上自己的马,带着另外一匹,往沙漠走了。她待在树上看着他离去,直到第二天下午,她才从树上下来。她想:“现在我算摆脱他了。”

公主在沙漠里走,不知道上哪儿去,只能听天由命了。她走了很久,终于看见了贝都因人住的毛毡帐篷。她见到一户人家有一对老夫妇,对他们说:“大叔、大妈,让我跟你们一块儿过吧。我为你们做饭，照顾你们，只要你们给我口饭吃，我为你们砍柴、担水、放羊，为你们做事，服侍你们。”大妈说：“你最好做我们的女儿，我们没有孩子，我们的帐篷就是你的家。”老夫妇俩很高兴，都说：“她那么漂亮，她是安拉送给我们的。”他们给她穿上贝都因人的衣服，戴上毛织的斗篷。公主跟他们一块儿生活了三年，她为他们砍柴、背水、挤羊奶、做奶酪、磨面粉、做饼，为老两口做事。

一天，住在附近的一个王子和他的侍从费罗兹出来打猎。夏天很热，王子渴了，见到帐篷，他对费罗兹说：“我渴了，你到那个帐篷要点儿水去！”费罗兹来到帐篷，向主人要点水。姑娘起身，从皮囊里给他倒水。费罗兹一见她，惊讶极了，心想：“我还从来没见过这么漂亮的姑娘呢！”见到这姑娘，费罗兹慌了神，回去对王子说：“天哪！给我倒水的那个姑娘实在太漂亮了！我从没见过有她这么美的。”王子一听这话，把水扔了，自己拿上杯子到帐篷去。他说：“我能要点水喝吗？太渴了，能给点喝的吗？”姑娘出来了，对他说：“可以。”王子喝了水，心也融化了，他想：“这世界上还有比她更漂亮的吗？贝都因人怎么会有这么漂亮的姑娘！”王子注意到，帐篷打扫得干干净净，收拾得整整齐齐。王子和随从回去了，可他满心想的都是那个姑娘……“还有第二个像她这样美、这样温柔的吗？”他思念成疾，病倒了，躺在床上。他的父王派医生给他治病。医生给他看过后，去对国王说：“您儿子害的是相思病，去问问他，他脑子里想的是谁。”国王说：“那个姑娘会是谁呢？我不去问他，我派他的奶妈去问吧。我想，对奶妈，他不会羞于说真话的，会告诉她他喜欢谁。”国王把王子的奶妈叫来，对她说：“你今天到我儿子那儿去一趟，问问他心里想什么，爱上哪个姑娘了。”奶妈去了，轻轻地拍打着王子的双颊说：“宝贝啊，你是吃我的奶长大的，小的时候，我就是你的妈妈。看到你现在这个样子，我很伤心。”王子说：“我不能告诉你。”奶妈说：“告诉我吧，也许我能帮帮你呢。”王子告诉她说：“我那次去打猎，天很热，我渴了，到附近一个贝都因人的帐篷去，给我水喝的那个姑娘美极了，就像一轮满月，我的心被思念融化了，我想要她。”奶妈说：“宝贝，这你为什么不告诉我呢？我会尽力的，我去跟你父王谈，你不要伤心，不要难过。”奶妈去见国王，对他说：“您看怎么办吧？您儿子爱上一个贝都因女孩了，您让儿子跟她订婚，比让他思念得病死要好。”国王说：“好吧，你带上几个用人，到姑娘那儿为我儿子订婚吧。”奶妈回到王子那儿，对他说：“我不是对你说了吗？我去见你父王了，他让我去为你跟那个姑娘订婚呢。”王子高兴极了，心中充满了幸福。奶妈带着用人到沙漠去了。到了那对老夫妇家，他们向老夫妇问好。老夫妇请他们进屋歇歇，奶妈惊奇地看到帐篷收拾得非常干净、非常整齐。主人给她端来水，对她说：“欢迎欢迎，请坐。”很热情地接待她。寒暄之后，奶妈说：“我有个独生儿子，我想让他跟你们女儿结婚，想把她娶走，大妈您什么意见？”大妈说：“随我女儿的心愿吧，她要是想离开我们的话，她就去。她想怎么做就怎么做，嫁不嫁给您儿子由她自己定。”大叔也说：“她愿怎么做就怎么做吧。”奶妈转向姑娘，对她说：“孩子，你的意见呢？”姑娘说：“首先我想知道，他真是您的亲儿子吗？”奶妈说：“不是，他小时候我喂过他奶。”姑娘说：“非常欢迎您来，可是他妈妈为什么不来呢？让他妈妈来吧，等她来了，我再回答您的问题。”说完，她给奶妈倒了咖啡，对奶妈表现得非常恭敬，并客气地把她送走。奶妈回到国王那儿，对他说：“我见到那个姑娘了，她很美，她家的帐篷也打扫得非常干净，收拾得非常漂亮。她父母对我说，所有的事都由姑娘自己决定。我问姑娘，她说：‘让他的妈妈来吧，等她来了，我再说出我对这桩婚姻的意见。’”国王说：“有头脑！这个姑娘不像是贝都因人，要不然，她不会这么说……即便我的儿子不想要她，我也要让儿子娶她，她品质很好！”然后国王来到王后寝宫，对她说：“起来吧，带上用人，到沙漠贝都因人家里替儿子求婚去。”

第二天，王后带着用人，坐着车到沙漠去了。她来到那个帐篷，看到里面很整洁，就像是公主住的房屋。王后一见姑娘，从第一眼就喜欢上她了。老夫妇俩给王后端来咖啡和糖招待她，王后对大妈说：“我来是给我唯一的儿子求婚，您意见如何？”大妈转向姑娘，对她说：“孩子，你看呢？”姑娘对王后说：“欢迎您光临，我愿意嫁给您的儿子，不过有一个条件，如果你们做不到，那么我过我的，他过他的。”王后问：“你的条件是什么呢？说吧！”姑娘说：“我想要建在河中央的一座水晶城堡，城堡有活动楼梯，可随意收放，城堡周围有三道壕沟，三座桥可收可放，最后一道壕沟里放两只饿了七天的狮子。这就是我嫁给你儿子的条件。你如果做不到，我和他就不用谈婚论嫁了。”当王后把这些告诉国王，国王惊讶地说：“这姑娘真不是贝都因人，她本出身上层。来跟我们一块儿生活吧，我满足她的愿望。”

国王立刻召来建筑师，要他照姑娘说的在河中央建一座水晶城堡。十五天内这所有的一切都做完了，国王派人去跟姑娘提亲，姑娘被带进了皇宫。妇女们带她去洗澡，都惊叹她的美貌。洗完后，她们把她带进了城堡。姑娘走进城堡，在洞房里等着新郎。新郎到清真寺做了礼拜，然后和他的陪同、朋友一起来到了河边，他们坐着小船来到了城堡。吃完晚饭后，他走进洞房，看见新娘正等着他。两人互相问候后，新娘对新郎说：“你刚病好，看起来很累，上床睡吧。”新郎照她说的睡了，可姑娘没睡，因为她害怕哈桑·哈拉密。夜里一点钟，她听到房顶上有响声，她想：“他从房顶上来了。”不一会儿，房顶上裂开个洞，一个男人出现了。他顺着绳子爬到下面，站在她面前对她说：“我对你怎么说的？”她说：“你想杀我吗？”“我要亲手杀了你！”“你为什么要在这儿杀我？人们会听见、会奇怪的，把我带到沙漠那儿杀我吧。”“好吧，你往前面走。”“不！你走在前面，我跟着。”姑娘跟在贼头后面出去了。他们过了第一道壕沟、第二道壕沟，当走上第三道壕沟，她用尽全身的力量把他推进了壕沟。两头狮子正等着呢，一块儿扑上去，一个抓着一只脚，把他撕开吃了。姑娘回到新房，把新郎叫醒，对他说："起来，我们应该到你父王那儿去，把这个故事告诉他，以后我就是你的了。"然后姑娘带着他去看哈桑·哈拉密被杀死的地方，告诉新郎这个人想要杀她。王子把城堡里所有的人都召来，他们都看了现场。然后，两个年轻人坐船到王宫去了。他们敲门，国王问："谁？"姑娘回答："是我们，爸爸，您的儿子和儿媳，我们有话要跟您说。"国王打开门说："说吧！"他俩进去，吻了国王的手。姑娘说："您去看看城堡的壕沟里有什么。"国王跟他们去了，他看了壕沟，问他们是怎么回事。姑娘说："我是××国王的女儿，我亲手杀死了三十九个贼，这是第四十个！"她把事情从头到尾都告诉了他。国王说："好样的，我认识你爸爸，他是我的好朋友。确实，我说过你不是个贝都因姑娘。"人们为他俩大摆筵席，庆贺了七天七夜。

行者和金匠

某地的森林里，有个捕猎者挖了一口深井，行人稍有不慎就会跌下井去。

某日，一个金匠、一条白蛇、一只猴子和一头雄狮接二连三地掉进这口陷阱里。一个行者碰巧路过，听见井底有呼喊声，便伸头一看，发现一个可怜人和三个动物被困在里面。行者心想："要是我把这个可怜人从这些禽兽中解救出来，就一定能为来世积下最大的阴德。有句话不是这样说的嘛：'没有什么比救活一个垂危的人能得到更大的奖赏，也没有什么比见死不救、袖手旁观而应受到更大的惩罚。'"

于是，行者找来一根长绳，把它垂到深井底下，想让那个金匠攀着爬上来。不料，猴子敏捷，最先抓住绳子，几步就翻上地面。行者无奈，只好将长绳再次垂下，而白蛇缠绕着绳子出了井。第三次，行者则把雄狮拖了上来。

被救出来的这三只动物再三感谢行者的恩德，并异口同声地说："我们有一言相劝。请您不要搭救这个金匠，因为人类是最忘恩负义的，况且这个金匠心术不正，您日后会被他所害的。"

猴子接着说道："我家就在离城不远的山上。若您有什么需要帮助的，尽管来找我。"

雄狮说："我住在城边的森林里，有机会一定报答您的恩德。"

白蛇也说："我的家最近，就住在本城的城墙里。您经过此地时，若遇到困难，不管什么时候，只要您说一声，我就会鼎力相助的。"

行者一看只有金匠还困在井里，非常于心不忍，心想："这帮动物成见太深，劝我不要搭救这个金匠。可是，我连动物都救出来了，对于自己的同类岂能见死不救？"

于是，行者没有理会它们的话，把金匠也救了上来。金匠感激涕零，跪拜在他面前，说道："您救了我一命，让我都不知该如何回报您的大恩大德。我是本城有名的金匠，谁都知道我的住址。他日您若路过这座城市，请来舍下小坐，好给我个机会报答您。"

两人谈了一会儿，便各分东西了。

过了一段时间，行者正好有事要进城去，走到途中，忽然有一只猴子迎上来，向他下拜，亲吻他的双脚。

"我们猴子住在山中，没有什么像样的东西可以敬献的，但您不妨在此稍稍休息一会儿，我去去就来。"猴子抱歉地说道。

片刻后，猴子带回一些可口的鲜果，放在行者手里。行者肚子正饿,便狼吞虎咽地吃了下去。

行者继续往前走。当他快接近城门时,一头雄狮迎上来,跪拜道:“再生之恩,不能不报。请您在此稍事歇息,我去拿样东西来献给您。”

雄狮转身进了城。它潜入王宫,翻墙来到公主的房间,将公主杀死,取了她脖颈上的宝石金链,立刻转回来。雄狮把项链敬献给行者,也不告诉他是从哪弄来的。行者收了雄狮的礼物,彼此攀谈了一会儿,便相互告辞了。

行者边走边想:“禽兽尚且如此知恩图报,我若有困难,去找金匠,他又会如何待我呢？即便他已穷困潦倒,帮不了我了,我也可以托他把这条金链卖掉,然后与他平分所得。因为他成天与金子打交道,肯定最了解金链的价格。这样就既帮了他的忙,也解了我的急,岂不是一件两全其美的事情？”

行者进了城,来到金匠的家里。金匠表现出很欢迎的样子,连忙让座倒茶。当行者从怀里拿出金链,递给金匠看的时候,金匠大吃一惊,一眼便认出它是公主佩戴之物,因为这条项链是他本人为公主打造的,而公主昨日却莫名其妙地被杀害了,脖子上的项链也不见了踪影。金匠眼珠子骨碌一转,找了一个很好的借口,对行者说道:“不好意思,贵客临门,舍间却没有什么可以款待故人。请您休息一会儿,待我上街买点可口的食物来。”

金匠出了门,心里窃喜,自言自语道:“这可是个千载难逢的好机会！怎么让我撞上了?！我要赶快去禀告国王,就说杀害公主的凶手已经被我捉到了。我立了大功,还愁今后不能升官发财吗?”

金匠才跑到王宫门口,就对侍卫高声喊道:“快进去禀告国王,杀害公主、抢走项链的凶手就在我家里。”

国王立即派人捉拿行者。国王看见行者手里的宝石项链果然是公主所佩戴的东西时,不容分说,令人先行拷打,然后将他游街示众,处以死刑。

可怜的行者放声大哭,边哭边喊:“假如我当初听从猴子、白蛇和雄狮的劝告,相信有些人是最忘恩负义的东西,也不至于今日遭此大难啊!”

他将这话来回重复了好几遍。白蛇听见了他的这番话,立即从洞里钻出查看,知道恩人受害了,便设法搭救他。白蛇来到王子那儿,咬了他一口。国王连忙传太医们进宫为王子治伤。然而,太医们使尽了浑身解数,也治不好王子的伤。

此时,白蛇跑去见它的一个蛇精朋友,说它的大恩人如今遭小人暗算,危在旦夕。蛇精听后很同情行者的遭遇,便与白蛇细细商量对策,然后分头行事。

蛇精来到王子的病榻前,向他现了身,说道:“你遭了蛇咬,伤势严重,只有那个被他们冤枉的人才能治好你的伤。”

同时,白蛇也立刻跑到监狱里,递给行者几片特殊的树叶,交代他说:“倘若国王派人来请你给王子疗伤,你就用这几片树叶熬汤,让他趁热喝下去,伤口便会立即消失。假如国王问起你的事,你不妨如实禀报,这样你必定能够获救。”

再说王子听了蛇精的话后,忙去请来国王,说道:“我刚才听见一个人对我说,我的伤谁也治不了,只有那个无辜受害的行者才有办法。”

于是,国王心急火燎地派人将行者从狱中带来,命令他医治王子的伤口。行者说:“我对医术并不精通,但若用这几片树叶熬汤服下,的确可以治好被蛇咬的伤。”

王子喝了行者配制的药后,伤口马上消失,身子也不疼了。国王十分高兴,便询问行者的来历。行者将事情一五一十地禀告了国王。国王感谢行者救了儿子的命,以重金犒劳他。

然后,国王下令将金匠处死,以警诫那些受恩不报,反而以怨报德的小人。

渔夫和精灵

从前，有个渔夫家里很穷，每天很早便外出打鱼。他为自己立了一个规矩：每天撒网不超过四次。一天拂晓，月亮尚未西沉，渔夫就来到海边。他将渔网撒出，然后沿着岸边一路拉网，感觉有些沉。他以为自己捕到一条大鱼，心里很高兴。但是，等网拉上来一看，里面却是一头死驴。

渔夫很失望。他将被死驴蹭破的网修补了一下，然后再次撒向海里。在拉网的时候，又感觉有些沉，他想这回应该是条大鱼了。但是，等拉上来一瞧，却是一筐垃圾。

“噢，命运啊！”他喊道，“别这样捉弄我——一个可怜的渔夫！他有妻子和三个孩子，连家都快养不起了！”

他把渔网里的垃圾清理干净，第三次撒出网。这回捞上来的是石块、贝壳和泥沙。他几乎要绝望了。

接着，渔夫第四次将渔网撒向海里。这回拉上来一看，网里面仍然没有鱼，只有一个很重的黄色铜瓶，里面似乎盛满了东西。渔夫注意到，瓶盖用铅封得死死的，还盖了一个大印。他兴奋地想："我至少可以把它卖给翻砂工人，换几斗小麦啦！"

渔夫仔细检查了一下铜瓶的四周，摇了摇，看是否有咯咯的动静。什么声音也没有，瓶盖又被封成这样，说明里面一定有值钱的宝物。他拿出刀子，轻松地打开了铜瓶。他试着将铜瓶倒空，却什么也没倒出来。他很惊讶。就在这当儿，从瓶口处冒出一股很冲的青烟，呛得他不得不后退几步。这股青烟上升到云层，然后弥漫到海面上，形成厚厚的浓雾。渔夫看呆了。而后，烟逐渐聚拢，形成一个面貌丑陋的巨人般的怪物。渔夫见状，拔腿要跑，但浑身颤抖的他却一步也迈不动。

"精灵之王！"怪物喊道，"我再也不会违抗您的命令了！"

听到这话，渔夫的好奇心被激起，他斗胆问道："你在说'精灵之王'吗？你从何处来？为何被关在这个瓶子里？"

精灵倨傲地看着渔夫，说道："在我杀了你之前，请对我放尊重些！"

"主啊！"渔夫喊道，"你怎么能杀我？是我把你放出来的，你这么快就忘了？"

"没有，"精灵答道，"但这并不妨碍我杀你。你放了我不假，所以我还给你一个好处，就是：你可以选择自己的死法。"

"但是，我的确救了你呀！"渔夫喊道。

"我只能杀了你。"精灵说，"如果你想知道为什么，就听听我的故事吧。”

于是,精灵开始讲述自己的故事:“我违背了精灵之王的指令。为了惩罚我,他将我关在这个铜瓶里,封上他的魔印,防止我逃出来,然后将铜瓶扔到大海里。刚开始时,我发誓:如果有人在第一百年到来之前把我救出去,我就让他变得很富有。但是一个世纪过去了,没人来救我。在第二个世纪,我发誓:如果有人来救我,我就把所有的宝藏给他弄来。但是,仍然没人来。在第三个世纪,我承诺让救我的人成为一个国王,我会时刻在其左右,每天为他实现三个愿望。但是,第三个世纪也过去了,我依然被困在瓶子里。最后,我发怒了,发誓说:如果有人来解救我,我就立刻杀了他,只允许他选择如何死去。接下来就是你今天看到的:你救了我,所以你可以选择自己的死法。”

渔夫听罢很沮丧,说道:“我是一个多么不幸的人,救了你反要被杀。求求你放了我吧!”

“我告诉过你,”精灵说,“这是不可能的。快做选择吧！莫再浪费时间!”

渔夫开始在心里琢磨对策了。

“既然我一定得死,”他说道,“那么,在我做出选择之前,我恳求你告诉我:你刚才是否真的在那个铜瓶里?”

“是的。”精灵回答。

“我真的无法相信,”渔夫说道,“那个瓶子那么小,连你的一只脚都盛不下，怎么能装下你的整个身子呢？我无法相信，除非我亲眼看见你在里面。”

于是，精灵将自己重新化为一股烟，在海上升腾，然后聚拢、收缩，慢慢地回到铜瓶里，最后铜瓶外面什么也没有了，只有一个声音从瓶子里面传出，对渔夫喊道："好了，这回你相信了吧，我就在瓶子里。”

渔夫没有回答，而是拿起铅盖，迅速地将瓶口盖上。

“精灵啊！”他喊道，“现在，你向我求饶吧！轮到你来选择自己的死法了。但是，最好还是就地把你扔回海里去吧。在把你捞上来的地方，我会盖一座房子，警告到此撒网的渔民们：切莫打捞一个像你一样邪恶的、恩将仇报的精灵。”

听到这话，精灵连忙央求渔夫放他出去。但是，因为有瓶盖上的魔印，他无论如何也逃出不来了。

穷姑娘和她的牛

从前有一对夫妻，他们只有一个女儿，他们非常喜欢她。母亲死了之后，给她的女儿留下了一头牛。父亲又结婚了，继母生了个女儿，从此以后，这个孤女就没过上一天舒服日子。

有一天，这个姑娘发现，妈妈给她留下的这头牛有个奇怪的特点，每次她给它棉花吃，它就还给她纺过的纱，姑娘便拿到市场上去卖。姑娘出去，继母很生气，对她丈夫说："你女儿每天都带牛到沙漠去，我们应该把牛宰了，好让她留在家里。"丈夫说："把牛杀了，那就是罪过了。姑娘又没有什么错，这头牛是她妈妈留给她的，杀了牛有什么好处？"他拒绝杀牛。

有一天，姑娘在沙漠里时，牛给她纺的两块纱飘起来，被风吹得很远，她跟在后面跑，一直追到了个洞口。洞前有条小溪，洞里有个女妖在用手磨面。就像别的女妖一样，她的两只长长的奶头一直拖到身后。姑娘抓了一把落到这边来的面粉，喝了女妖的奶。女妖转过身来对她说："我要是在你吃我的面粉、喝我的奶之前看见你，我就一口吞了你。因为你已经那么做了，你就变成了我的女儿。我想睡觉了，我把头放在你腿上，你可以弄我的头，从里面找虱子吃。"姑娘这看看那看看，见到有散落的玉米，便捡了一把。女妖躺下，把头放在姑娘的腿上，对她说："水变白了，叫醒我；水变黄了，叫醒我；水变黑了，不要叫我。"姑娘说："遵命，妈妈，您好好睡吧。"女妖睡了，姑娘开始捉她头上的虱子，真多呀，有黑的、白的，大的、小的……姑娘时不时往嘴里放颗玉米，嚼了对她说："妈妈，你的虱子真甜，我喜欢这个味道。"

姑娘见河水变白了，叫醒女妖，告诉她，水已经变白了。女妖说："起来，到水里洗去。"姑娘照女妖说的做了，当她从水里出来时，就变成了一个比明灯还靓丽的女人。姑娘回到女妖身边，她又睡了，头放在姑娘腿上。姑娘捉她头上的虱子。突然，水变成了黄色。被姑娘叫醒后，女妖对她说："去，把你的头放在水里。"姑娘便照女妖说的，把头伸进了水里，等抬起头来，抖落头上的水，她的头发变得像金绣线一样黄，像金子一样闪着光，长得一直拖到膝盖。姑娘看到这些，害怕了，对女妖说："你为什么把我弄成这样？我继母看见了，会问我到哪儿去了，会冲我发火的。"女妖说："用头帕把头裹起来，回去吧，别害怕。要知道你的继母要把牛杀掉。"听到这，姑娘哭了。女妖说："你不要吃牛肉，把骨头、皮和所有剩下的东西都放进一个包里，到牛原来给你纺纱的那个地方去，把包埋在那儿，过四十天后你再去，把包拿出来，拿走包里的东西。"

姑娘离开洞,回到了她的牛那儿,把牛赶回了家。继母一见她便骂,说:“你到哪儿去了?为什么回来这么晚?你要给我们带来羞耻了!你不在的事我要告诉你爸爸,我要叫他把牛宰了。”姑娘哭了。继母到她父亲那儿,对他说:“你的女儿在路上到处转,她是以牛做借口出去,你应该把牛杀了!”丈夫说:“我觉得杀牛是罪过。姑娘喜欢她的牛,那是她死去的妈妈留给她的。”继母说:“要么你把牛宰了,要么我离开家。”父亲站起身,去把牛宰了,剥了皮,洗干净,把牛头、牛皮、蹄子、内脏等扔得远远的。继母煮了牛肉,姑娘拒绝吃。她的家人对她说:“吃吧,吃吧,这肉很好。”“我绝不会吃我的牛的肉。”然后她悄悄地出去了,把牛皮、骨头、头、尾巴、蹄子、肠子等都放进了一个包里,拿到外面,埋在以往牛给她纺纱的那个地里。她回到家里,每天都为牛哭泣。

一天,她想要梳头。她上了房顶,摘下头帕便梳了起来。继母上来了,想要看看她在房顶上做什么,结果看见她的头发垂下来,就像太阳光束。继母问她:“你的头发是怎么弄成这样的?”姑娘说:“女妖给我弄的。”她把她怎样跟着纺纱到了女妖的洞,以及后来发生的事都告诉了继母。继母对她说:“你再到女妖的洞里去,带上我的女儿,请她把我女儿的头发也变得跟你的一样。”

姑娘便带着她同父异母的妹妹去了,路上她把发生的事都告诉了妹妹,好让妹妹知道怎么做。可她的妹妹傻乎乎的,说:“我记不住这么多。”她俩来到洞口。妹妹也像姐姐一样做,她吃了地上的面粉,吸了女妖的奶。女妖转过身来,对她说:“女孩,你要是没吃我的面粉,没喝我的奶,没变成我的女儿,我就一口吃了你!坐在洞口,我把头放在你腿上,你给我找虱子。”女孩坐下了,女妖把头放在她怀里,女孩开始捉虱子。看见有这么多,她大声说:“这些虫子,我害怕。”女妖说:“如果水变黑了,不要叫醒我;水变白了,叫醒我。”说完,她就睡了。女孩没有好好听,等水变黑了,她叫醒女妖,说:“水变黑了。”女妖对她说:“起来,到水里面洗头去。”女孩起身到水里洗头,等出来时,头上长出两只黑角。女妖对她说:“难道我没告诉你,水黑了不要叫醒我?”她把女孩赶走了。两姐妹边哭边回去了,妹妹变得比原来还丑。继母见了,更生气了,她对自己的女儿说:“傻瓜,你为什么不好好听?”

姐姐数着日子,四十天过去了,她来到沙漠,把她埋包的地方挖开,拿出包。她看见什么了?皮变成了绣金的斗篷,尾巴变成了丝绸衣服,骨头变成了钻石,每一根骨头都是一块钻石,一些内脏变成了珍珠项链和手镯,一些东西变成了宝石,这些东西当中,还有镶着钻石和宝石的木屐,世界上没有任何东西能与这些东西相比。姑娘高兴极了,兴奋之余,她把这些东西都穿戴上,往溪水里照照看自己的模样。玩够了,她把东西脱下来,放进包里,又埋了进去,然后穿着旧衣服回家。她开始每天都到那个埋东西的地方去,把东西取出来,打扮好了,往溪水里照照,然后脱下来,回家。

一天,当她正在穿着打扮时,住在附近的一个王子路过,便一直观察着她，看她穿完，然后又换上了自己的衣服，把斗篷、珠宝放进包里，埋藏起来。她正在放东西时，发现有人在看着她，她急忙之中，忘了掉在水里的那只木屐。她走了之后，王子把侍从叫来，对他说："溪水里有一只木屐，下去，给我拿来。"侍从下到水里，找到了木屐，拿去给王子。王子一看，赞叹说："这是什么木屐啊！我从没见过比这更漂亮的！"他到母亲那儿，对她说："妈妈，我想和这只木屐的主人结婚。"母亲说："好的，孩子。"母亲和女佣一起来到城里，凡是有女儿的人家，她们都挨个让女孩们试那只木屐，可谁的脚都不合适，有的大，有的小，有的肥，有的瘦。最后，她们来到了那两姐妹家，那是最后一家。

姑娘的继母知道王后来给自己的儿子挑新娘，她把丈夫的女儿藏在面包炉里，给自己的女儿穿上最好的衣服，打扮好。王后问她："这就是你唯一的女儿吗？"继母说："是的，我没有别的女儿了，她就是我的独生女。"在面包炉里的姑娘叫："哎呀，法蒂玛，我的一只脚从炉口出来了。"继母生气地叫道："别闹！"王后说："谁在炉子里？让她说话。"姑娘又叫道："啊，啊，我的一只脚从炉口出来了。"王后说："我想面包炉里还有个姑娘。"继母说："没有，那是只猫。"王后说："不对，我听见了。"她来到炉边，姑娘的一只脚已经从炉口伸出来了。王后命令她出来，并要她试试那只木屐。姑娘把脚放进去，刚好合适。王后说："她就做我的儿媳！"

姑娘和王子订了婚，七天七夜之后，正式结婚了。

小人的宴席

有一次，朱哈被邀请去出席村里一个大人物的宴席。

宴会前的几天，他心里一直猜想着在宴会上能吃到如何丰盛的菜肴。宴席的时间一到，他就迫不及待地挤进人群。有人看到他穿着破衣服，就把他一把拽到后面去了；有人用力捶他的前胸，喊道："这不是乞丐来的地方。"孩子们也开始捉弄他，一边使劲拽他一边大笑……

于是，朱哈沮丧地出来了。他立刻返回家中，找出最好的一件大袍子换上，人顿时器宇轩昂起来。他径直来到宴会门口，门卫看到他，立刻让出一条道，做点头哈腰状。他假装不认识刚才还对他颐指气使的人，一路回应着他们的热情招呼。等他走到宴席边上时，他们早为他腾出了一个空位。

面对色香味俱全的美食，朱哈左右开弓。一番狼吞虎咽之后，他起身脱下大袍，往食物堆里扔，盘子里的油水迅速将它浸湿了。看到此景，同席者都很惊讶，纷纷朝向他："这个体面的老头在干什么呀?”

朱哈大笑着说:“尊敬的先生们,我不过是在报答一件好事。大袍比你们更了解一切。假若没有它,我就无法坐在你们中间,享用小人的宴席。所以,大袍比鄙人更值得享用这些美味珍馐啊……”

诚实的萨迪克

从前有个孩子叫萨迪克，他从小就失去了双亲，在叔父家中长大。他为人诚实，从不撒谎。

萨迪克每天帮叔父放羊，早出晚归。周围的乡亲都听说他很憨厚诚实，有好事者就来到他叔父那里，说萨迪克已名声在外，却不知他的诚实品德是否名副其实，建议叔父考验考验他。

叔父同意了这个建议，好事者便策划去了。

一个大清早，萨迪克正在放羊，看见来了个同样放牧的姑娘。她走近萨迪克，和他攀谈起来，很是投缘的样子。到了下午二人分别时，姑娘表示自己爱他，希望他到自己的父亲那里求婚，以结百年之好。天色将晚，姑娘似乎才想起自己一早到现在都没吃饭，就央求萨迪克将羊宰了，二人共进晚餐。萨迪克经不住姑娘的娇嗔，真的去宰了一只羊，并当场烤熟，和姑娘一起大快朵颐。日落时分，二人告别，各自赶着羊群回家去了。

路上，萨迪克回忆刚才的事情，仿佛大梦初醒，几乎要悔断肠子。但是,羊已经被宰了,若叔父问起来,如何向叔父交代呢?

萨迪克寻思良久后站起来,将手里的木杖支到地里,开始对着木杖倾诉自己的苦恼,说道:“木杖啊,如果叔叔问起我那只羊的事情,我回答他羊被狼吃了,他会如何反应呢?”

然后,他自问自答,扮演起木杖的角色:“他会说:‘狼不会把整头羊都吃了,吃不完也拖不走的。那么给我看看狼吃剩下的那部分吧。’如果我带叔叔去看,那儿却什么也没有,叔叔就会明白我是在撒谎了,日后他还怎能再相信我呢?”

过了一会儿,他又转向木杖,问它:“如果我对叔叔说是盗贼把羊偷走了,他会如何反应呢?”

然后他自己答道:“他会说:‘那我们一同循着盗贼的脚印,把羊给追回来吧。’当他发现根本没有什么盗贼的踪迹时,他就会明白我是在撒谎了。”

而后,他又问:“如果我说是蛇把羊给咬死了,叔叔会相信吗?”

他自己答道:“他会说:‘那我们一起去把羊的尸体找回来吧。’如果他去了,会发现那里有烤火的痕迹,羊根本不是被蛇咬死的,而是被人杀了并吞进肚子里了,那么叔叔也不会再相信我了。”

就这样,萨迪克问了自己无数个问题,就是找不到一个能说服自己的答案。他垂头丧气地回到家,闷闷不乐地坐着。叔父问他:“为何你回来了,却少了一只羊?”萨迪克就将事情一五一十地报告了,还领着叔父去看宰羊的地方。叔父明白萨迪克并没有撒谎,于是拍拍他的肩膀安慰他,说道:“孩子,别难过了！我会再买只羊的。”

姑娘的父亲来向萨迪克的叔父打听情况,叔父告诉他萨迪克没有撒半点儿谎,而是说了大实话。那好事者便和叔父说好再考验萨迪克一次。

一天晚上,叔父让萨迪克去拜访姑娘的部落,告诉姑娘的父亲,他的叔父准备来提亲了。于是萨迪克兴冲冲地去了。他到达时,发现那个部落的人正将拆下来的帐篷一个个地往驼鞍上放,四处都是乱哄哄的样子。萨迪克见到姑娘的父亲,告诉他叔父今晚要来拜访。姑娘的父亲说:“告诉他,我们要离开此地,去往别处了。”

萨迪克连忙回家转告叔父。叔父问:“他们走了吗?”

萨德克回答:“我看见他们拆除了帐篷,备好了骆驼。但我不知道他们现在是否已经离开了。”

叔父说:“不管怎样,我们还是去看看。”

萨迪克和叔父前去打探,发现姑娘的族人又将帐篷支起来了,骆驼也都被牵回围栏中,没有丝毫要迁徙的迹象。萨迪克很是诧异,他当然不知道这是个事先说好的考验。

当天,叔父为侄子萨迪克向姑娘的父亲正式提亲。姑娘的父亲答应将女儿嫁给萨迪克,因为两次考验都已证明:萨迪克是个绝对诚实的好青年。

生小牛的母马

一个穷人家里养了一头小牛。他的富人邻居养了一匹母马，还有很多家当和地产。

一天，富人对穷人说："你每天领着我的马，再牵着你的小牛，到我家的草地上放牧。这样，你的小牛就可以免费吃草，我也不用给你放马的工钱。你看如何？"

穷人接受了这个建议，于是他天天牵着自己的小牛和富人的母马，去富人的草地上吃草。再后来，他的小牛长大了，变成了一头大牛，还怀上了两只小牛崽。母牛的产期临近时，穷人告诉富人："这几天我要待在家里，伺候我的母牛生小牛，所以就不能领您的马去吃草了。"

富人问："是哪头牛啊？"

穷人说："就是我天天领着和您的马一起去吃草的那头牛。"

富人说："那是我的牛！它是我的马生的，不是你的牛！"

二人争得面红耳赤，最后说好到部族里一个有经验的谢赫那里做裁决。约定的时间还未到,富人就抢先到了谢赫家里,用金钱贿赂他。结果谢赫闭着眼睛就将母牛判给了富人。

穷人不服,于是二人找了第二位有经验的谢赫。富人故伎重施,于是第二位谢赫仍然将母牛判给了他。

穷人仍然不服,于是二人找了第三位谢赫。富人仍然故伎重施,但是这位德高望重的谢赫拒绝了贿赂,说道:“我不收受任何财物,我只凭自己的良心做公断。”

因为穷人和富人各执一词,谢赫便说道:“现在我不能裁决。你俩等一周后再来吧。”

富人不解地问:“为何要拖一周?事情一点也不复杂呀,真相不是明摆着吗?”

谢赫说道:“原因很简单,我这周在行经,等一周后身体洁净了,再来裁断不迟。”

富人嚷道:“您是男人,又不是女人,怎会行经?这个理由无法让人相信呀!”

谢赫说道:“如此,你又怎能相信一匹马会生出牛?这难道不是无稽之谈吗?你快走吧。勿再欺侮你的邻居,勿再行不义之事!”

富人听罢无言以对,垂头丧气地走了。穷人依靠这位正直的谢赫战胜了富人,赢回了自己的母牛,心里甚是欢喜。

狮子和胡狼

有一只胡狼住在一个大山洞里，与豺狼虎豹等猛兽为邻。它很廉洁自守，从不像邻居们那样恃强凌弱，杀生害命。因为这点，猛兽们对它充满了敌意。它们说："你的主义，我们很不喜欢。想想看，廉洁对你有什么好处，你要如此坚守？无论如何，你总是我们的同类，和我们一块儿玩耍，一块儿营生。你究竟为什么不杀生食肉，总要显得特别一些呢？"

胡狼回答说："与你们为伴，并没有犯什么法——只要我自己本身不犯法，因为犯法与在什么地方居住、交什么样的朋友是没有关系的，犯法是内心和行为的问题。假如说，在洁净的地方所干的事就一定是善良的，在可恶的地方所干的事就一定是卑劣的，那么，在圣所里把教士杀了，岂不是没有犯罪？而在战场上救护伤员，反而是犯罪了？我只是以自己的身体与你们为伴，不以内心和行动与你们同流，因为我深知善恶终有各自的报应，所以要信守生活的原则。我和你们在一起，心里决无恶意；倘若这样损害了你们的利益，天下之大，岂无安身之地？”

于是，胡狼依然保持着自己的特色，没有被邻居们同化。

它廉洁的声名，逐渐传遍了各处。当地的兽王狮子听说了胡狼忠诚可靠、廉洁自律的品德之后，十分欣赏，便召见了它。狮子一边与胡狼攀谈，一边仔细观察，觉得它各方面都很符合自己的要求。过了几天，狮王再次召见胡狼，对它说道：“我的猛将谋士实不算少，这你是知道的。尽管如此，我仍然急需一些得力的助手。你的廉洁、重礼、睿智和虔诚我早有耳闻，所以把你召来考验了一番，结果并没让我失望。因此，我更加器重你，要委你以重任，使你成为我的心腹。”

“恕我直言，大王，”胡狼说，“任命能人为助手，委以差事，是君王的权力。但君王切忌强求某个臣民出任某个职位，因为勉强做的事，是不会做得好的。我素来没有干大事的志向，见识也不多，更不善于与王权打交道。所以请您另择贤能，不必挽留我。大王您是百兽之首，臣民中绝对不乏有能力又愿意做大事的。您若任用了它们，互相受益，不是两全其美之事吗？”

狮王却说道：“你不必推辞了，我意已决。像你这样的能者，我是不会让你赋闲的。”

胡狼说：“世上只有两种人，为王权服务而无后顾之忧。一种是好阿谀奉承的奸佞小人，他们常常为了中饱私囊而徇私舞弊，靠要阴谋诡计来逃脱罪责；另一种是卑下无能的昏庸之人，这种人，没有人会妒忌他。至于那些忠心耿耿为君王服务的正人君子,不会耍阴谋诡计,也不会溜须拍马,自然免不了受人妒忌。同僚们眼红他的地位,总千方百计地排挤他,或设陷阱拉他下水。君王一旦为此捕风捉影地找毛病,他便难逃厄运。而那些与王政为敌的人,嫉恨他辅佐君王,更是不择手段地想置他于死地。倘若有这两种敌人一齐攻击他,那他必死无疑了。”

“胡狼先生多虑了。你随时在我左右,我完全可以保证,这里绝不会有人嫉妒或陷害你。我一定会给你一个体面的职位,让你充分发挥自己的才干。”狮王再劝道。

“若大王真心要赐予我恩惠,就请让我无忧无虑、自由自在地在这里生活。”胡狼说,“因为我知道,做君王的亲信,在一个时辰内所经历的灾难和恐惧,是普通人一生中都遇不上的。对他来说,喜乐只是暂时的,悲哀和恐惧才是永久的。与其过着这种富贵却恐怖的日子,不如去追寻简单而安心的生活。”

狮王说道:“我明白你的意思了。有我在,这些事你都不用担心。无论如何,我已选定你辅佐我的事务。”

“既然大王决意要我任职,”胡狼说,“请先给我一个承诺。假如将来有人陷害我,无论是地位在我之上、怕我与他竞争的,还是地位在我之下、欲与我争夺权力的,也无论是直接向大王进谗言的,还是借他人之口诬陷我的,无论在什么情况下,大王一定要审查、审查、再审查,是非尚未分晓之时,切忌匆忙定案。如果大王这样承诺的话，那么，我才敢走马上任，鞠躬尽瘁，尽忠职守，决不辜负大王的一片期望。”

狮王一口答应了胡狼的要求，委任它专门管理粮秣事务，并对它另眼相看。

狮王的许多臣子一见此情形，愤怒到了极点。它们聚集在一块，共同商议陷害胡狼的计策。有一天，狮王得到一块肉，肉味十分香甜。狮王特意留下一半，令胡狼保管，将它收藏在最稳当的地方，等日后食用。狮王的那帮臣子，可算逮着一个好机会！它们把肉偷出，扛到胡狼家里，隐藏在它察觉不到的地方，以便制造向狮王进谗言的口实。

第二天，狮王要进午膳时，却发觉那块肉不见了，怎么找也找不着。胡狼因出去为狮王办事，对这里面的阴谋诡计还一无所知。一会儿工夫，那些企图陷害胡狼的臣子都来了，等着见机行事。狮王再三严厉地追问那块肉的下落，众人只面面相觑，一言不发。后来，有一人终于站出来，以近乎诚恳的口吻说道：“凡是与狮王有关的事，无论是好是坏，也无论说出来有多么麻烦，我们做臣下的，都应该如实禀报。据我所听到的消息，肉是被胡狼拿到家里去了。”

另一个说道：“我看胡狼不至于这样做吧。不过，人心难测，还是搜查一下为好啊！”

第三个说道：“我肯定，只要你们去查看，就会发现那块肉在胡狼家里。胡狼表面廉洁奉公，实际上是假仁假义。倘若事实证明它是虚伪的小人,那么,我们最应该相信的还是事实。”

第四个说道:“假若这件事是真的,那么,胡狼不仅是背叛狮王,简直是狗胆包天,大逆不道了!”

第五个说道:“诸位有德行的人,我不打算否认你们的话,但证据是最能够说明一切的。等狮王派人去胡狼家里检查后,真相便大白了。”

第六个说道:“若狮王要检查胡狼的家,必须从速进行,因为胡狼的耳目很多,万一走漏风声,情势就不妙了。”

就这样,你一言我一语的,竟然把狮王的心说动了。于是,狮王召见了胡狼,劈头便问:“我令你保管的那块肉到哪去了?”

胡狼答道:“我已交给厨师,让它送来给大王了。”

狮王就召见了厨师——厨师是陷害胡狼的同谋者。

厨师说:“它没交给我什么东西。”

于是,狮王真的派一个亲信去胡狼家里搜查,果然查出一块肉。亲信把肉带回来见狮王。狮王大怒。这时,有一只至此尚未开腔的狼走到狮王面前,仿佛是要显示自己属于那种不等真相大白决不妄下断言的公正人士,不紧不慢地说道:“胡狼徇私舞弊的证据既已确凿,大王实在应该决不姑息。因为,大王今日若饶过胡狼,以后就难以制止其他违法乱纪的人。所谓杀一儆百,起的就是这个作用啊!”

狮王就下令将胡狼驱逐出森林大地。

这时，又有一位侍臣说道："恕我直言，大王！我感到奇怪的是，如此欺世盗名的胡狼，竟能瞒得住大王的眼睛。我更担心的是，大王既已明了胡狼的所作所为，是否还想宽恕它。"

狮王一听此话颇有道理，就派了一个使臣赶去将胡狼叫住，要求它立即悔过，再听候处置。使臣想陷害胡狼，就捏造了一个虚假的答复，来禀报狮王。狮王听了大怒，下令执行官马上将胡狼押解出去，处以死刑。

狮王的母后听说了这个消息，担心狮王犯了性急的毛病，于是立即派人阻止执行官，要它们从缓办理。同时，它亲自去见狮王，问道："我的儿，胡狼犯了什么罪，你要把它处死？"

狮王便将整件事的来龙去脉告诉了母后。母后苦口婆心地说道："明达的人处理一件事情，总是要仔细推敲、多方考虑；性急的人缺乏足够的证据便匆忙行事，终归会后悔。身为一国之君，在处理事务时是最需要三思而后行的。这一点，就像女人必须有丈夫、孩子必须有父母、学生必须有老师、士兵必须有军官、教士必须有信仰、百姓必须有君王、虔诚必须伴着理智、理智必须伴着从容一样。国王在决策时，最关键的是了解左右臣民，量才任用；同时，果断制止他们之间的相互倾轧。因为，同僚之间，只要有机可乘，多半会互相陷害。胡狼的忠义仁厚，你不是已经考察过了吗？不是也一直对它赞不绝口吗？现在，怎么又根据一个尚不明真假的罪名，轻易施以重刑呢？倘若这是有人嫉妒胡狼，故意陷害的，那该怎么办？对于臣子间的事，国王若不以为意，疏忽大意，就可能带来严重的后果。自从胡狼进宫以来，只看见它忠信廉洁的表现，没有任何过失可究。现在，你竟然因为一块肉就对它翻脸无情，是不是太过分了？作为国王，你实在应该仔细调查一下，弄清楚平时只食素的胡狼，为何要将一块肉藏在自己家里。也许你稍加考察，就会发现一点名堂。说不定是某些存心要谋害胡狼的家伙，预先把肉藏到它家里的。老鹰的爪里抓着一块肉时，还会有一群鸟追逐它；狗嘴里若叼着一根骨头，也会有许多狗来追它呢。胡狼到这里以后，为了你的利益披肝沥胆，操了多少心，吃了多少苦，没做过一件背叛你的事情，所以，你一定要审慎办案，不要冤枉了好人，纵容了坏人啊！”

母后正同狮王说话的时候，进来一位心腹大臣，报告失窃一案已经查明，胡狼毫无罪过。狮王这才恍然大悟，意识到母后所说的确有理。这时，母后进一步说道：“胡狼确被证实无辜之后，狮王决不应姑息这帮陷害忠良的坏人，务必严惩不贷，以免引起无穷后患。不要小看了它们的欺骗伎俩，因为杂草再无力量，团在一块儿，也能编成捆绑大象的粗绳。明达的人，绝不应纵容大逆不道、无法无天的小人，应该依法惩治。动辄发怒、鲁莽轻率的人，总难成就大事。这你已经知道了。对无辜受冤的胡狼，你应该极尽安抚，不要因此心存芥蒂。正直大方、忠信守义、能苦心为人的君子，一刻也不能抛弃；寡廉鲜耻、忘恩负义、不与人为善的小人，要像躲避瘟疫一样远远地避开。胡狼确是君子，你应该善待。”

于是，狮王立即召见胡狼，向它真诚地道歉，并要让它官复原职。胡狼说道：“大王最初要我进宫任职时，我顾虑重重，不知大王您是否还记得？一般小人，是损人利己的，只考虑自己，不考虑别人，为满足私欲而伤及朋友。我不是这样的小人，大王是清楚的。但是，像我这样受过重罚的人，大王实在不应再与之相处。也许大王会说：‘这个胡狼准是记恨着曾经遭受的冤屈，以此来报复我。’老天知道，我胡狼绝非如此小气之人，绝不会为此而心存芥蒂。我担心的只是，倘若那些人故技重演，再加害我一次，我该怎么办？所以，我不应该再留下伺候大王，大王也不应该再以我为臣了。”

狮王没有理会胡狼的这番话，说道：“你的品格，我曾经考验过。刚才，我再次证实了你的忠实守信，也认识了那帮陷害你的小人。在我的心目中，你是君子的楷模。而君子是只念友谊，不记旧仇的。既然我已经恢复了对你的信任，请你也恢复对我的信任之心吧！我们彼此间都会为这种信任而感到欣慰的。”

于是，胡狼接受了狮王官复原职的建议。从此，狮王加倍地善待它，敬重之心与日俱增。

聪明的兔子

象王和兔使者

某处地方，是象的家乡。因为连日干旱少雨，原有的泉水都干涸了，草木也都枯萎了。大象们饥渴难忍，便到象王那儿诉苦。象王派了几个能干的手下，到各处去寻觅水源。

不久，其中的一头象回来报告说："我发现某处有一眼泉水，名唤月亮泉，里面水很多，足够我们大家喝的。"

于是，象王领着大家，连忙来到那片泉水旁，痛饮了一番。

这片泉水的所在，原是兔子的领地。大象来到后，践踏了兔子们的房舍，踩死了很多兔子。于是，兔子们聚集到兔王那儿，共同商讨对付大象的办法。

"你们有什么好主意，可以说来给大家听听。"兔王说道。

有一只兔子名叫费路兹，是兔群中一位著名的谋士，它胆大心细、谋略过人。它听见兔王发问,便上前进言道:"若是兔王愿意以我为使臣,去见象王,我甘心效劳。并且,请派一名亲信与我同往,以便把耳闻目睹的,回来报告兔王。"

"你是忠实可靠的,我们大家都信赖你。你就独自去见象王吧!你可以见机行事,必要时做出自己的决策,回来再报告我也不迟。要知道,使者在外,即是君王的象征。使者的胆识和谋略,代表着君王的智慧。使者若机智善变,可以化解对方的敌意;若横冲直撞,只能加重对方的怒气。所以,你一定要游刃有余,谨慎从事,以不辱使命。"兔王说道。

费路兹领了君命,在一个月明之夜,只身出发去见象王。它担心粗壮的象腿会在无意间将自己踩死,便没有靠近它们,只在山麓旁喊了几声,说道:"象王陛下,月亮王派我来面见大王。使臣是传信者,若有言语不对的地方冒犯了大王,请多多恕罪!"

"你有什么使命?"象王问道。

费路兹答道:"月亮王要我对您说:'凡是自恃力量强大,能够战胜弱者,便趾高气扬、骄傲自满,这样的人,必定没有什么好下场。现在,您自以为您的力量能够战胜群兽,因此目中无人,胆敢跑到以我的名字命名的泉中饮水,弄脏了泉水,真是岂有此理!'月亮王派我来警告您,下回不许再这样做。否则,就别怪它会弄瞎您的眼睛,伤害您的性命。倘若您不相信我是月亮王的使臣,可马上随我一同前往月亮泉,月亮王就在那儿等着您。"

听了这话，象王感到很好奇，便同使臣费路兹一起来到了月亮泉。它往泉中看，一眼瞅见圆圆的月亮正照在泉水里。费路兹说道："您可以用象鼻取些水来洗脸，然后叩拜月亮王。"

象王便将长鼻子伸进水里。可是，象鼻才触到水面，水就晃动不已，在象王的眼里，仿佛月亮在颤动不止。象王有些心虚了，便问使臣道："月亮王为什么颤动呢？是因为我把鼻子伸进水里，所以发怒了吗？"

"是的。"费路兹答道。

象王连忙跪倒在地，再三叩拜，向月亮王悔过，并发下誓言：自己和臣民们以后永不再来！

使臣费路兹圆满完成了任务，胜利而归。

小兔和狮子

有一头狮子，住在水草丰美的地方。由于水源充足、草地肥沃，那里生活着众多的野兽。但是，野兽们的日子过得并不舒心，因为那狮子暴虐横行，常令它们胆战心惊。于是，有一天，众野兽聚集在一起，商讨对付狮子的办法。然后，它们一同去见狮子，对它说道：

"狮王每天捕食，一定要费不少的工夫。现在，我们有一个很好的建议，既能免除狮王的劳苦，又能使众野兽稍感安心，可谓两全的策略。我们的提议就是:若狮王答应不再追捕众兽,那么,每天在狮王进膳的时候,我们会派遣使者,送一只野兽来献给狮王。"

狮王对这个提议感到很满意,便与众野兽握手言和。从此,双方履行诺言,倒也相安无事。

有一天,一只小兔不幸被众野兽抽中,要去给狮子当午饭。小兔感到很害怕,情急之下,计上心来。

"且慢,众兄弟们!"小兔说道,"我有一个妙计。倘若诸位肯帮忙,不但于各位无碍,还可以靠它来摆脱狮王,获得永久的太平。"

众兽忙问道:"兔兄有何妙计?需要我们大家做什么?请快快说来!"

"诸位不是要挑选一位使者,把我送去献给狮王吗?请你们事先与使者说好,我要在路上耽搁一点时间,让它不要着急。以下的事我自有安排。"小兔说道。

众野兽同意了小兔的要求。于是,小兔和使者一道出发,一路慢慢地向前行进。半晌工夫后,小兔估摸着狮子进膳的时间已过,才独自来到狮子的面前。此时,狮子早已饿得饥肠辘辘,见小兔慢吞吞地走来,心里十分恼火,劈头便问:"你从什么地方来?"

小兔答道:"我是众野兽派来的使者。今日,它们要我送另一只兔子来给狮王做午饭。可是,走到半路时,便有一头狮子追上来,抢走了那只兔子,说:'我是此地的大王,一切野兽都归我所有。'我对它说:'这是众兽献给狮王的食物,请你不要惹狮王发怒。'那个狮子不但不听,还破口大骂狮王陛下。我拿它没办法,只好跑来禀告狮王。"

狮王听了大怒,吼道:"是谁敢如此大胆?你来给我领路!待我与它一决雌雄。"

于是,小兔在前带路,一直将狮子领到一个水井边。井里的水又深又清。小兔看着水井,说道:"请狮王来看,就是这个地方!"

狮子上前伸头一看,果然发现水中有一头狮子和一只兔子。它不再怀疑小兔的话,使尽全身力气,扑通一声跳进井里,要和那头狮子决斗。结果,愚蠢的狮子淹死在那口深井里。

小兔蹦蹦跳跳地回到伙伴们那里,把计斗狮王的经过告诉它们。大家都夸小兔聪明。从此,野兽们太平地生活在这片土地上。